ममता का महातांडव

कराहता बंगाल

ममता का महातांडव
कराहता बंगाल

संजय राय शेरपुरिया

प्रकाशक
प्रभात पेपरबैक्स
प्रभात प्रकाशन प्रा. लि. का उपक्रम
4/19 आसफ अली रोड, नई दिल्ली-110002
फोन : 23289777 • हेल्पलाइन नं. : 7827007777
इ-मेल : prabhatbooks@gmail.com ❖ वेब ठिकाना : www.prabhatbooks.com

संस्करण
प्रथम, 2021

मूल्य
दो सौ रुपए

मुद्रक
आर-टेक ऑफसेट प्रिंटर्स, दिल्ली

———— ★ ————

Mamata ka Mahatandav KARAHATA BENGAL
by Shri Sanjay Rai Sherpuria

Published by **PRABHAT PAPERBACKS**
An imprint of Prabhat Prakashan Pvt. Ltd.
4/19 Asaf Ali Road, New Delhi-110002

ISBN 978-93-90900-03-9

₹ 200.00

प्रस्तावना

सत्रहवीं लोकसभा चुनाव के दौरान वाराणसी में था। अचानक खबर मिली कि भाजपा अध्यक्ष अमित शाह पर बंगाल में हमला हो गया है। उसी समय मन में विचार आया कि अमित शाह देश के संविधान द्वारा दिए गए राजनैतिक और मौलिक आधिकारों का इस्तेमाल कर रहे थे। लोकतंत्र में तो हिंसा के लिए कोई जगह नहीं है, लेकिन सत्ता-लोलुप राजनीतिक दल अपने हितों को बचाने के लिए स्वार्थपरक इरादे से राजनेताओं पर हमला भी कर सकता है।

देश की चुनावी राजनीति में हिंसा की घटना कोई नई बात नहीं है, लेकिन यह बात भी सच है कि समय के साथ हमारा लोकतंत्र काफी परिपक्व हुआ है। यह हम सब के लिए गर्व की बात है कि दुनिया के सबसे बड़े लोकतंत्र में शांतिपूर्ण तरीके से सत्ता हस्तांतरण की प्रक्रिया को सिर्फ पड़ोसी देशों में ही नहीं, बल्कि समूचे विश्व समुदाय में एक उदाहरण के रूप में पेश किया जाता है। ऐसे में पश्चिम बंगाल में सत्तारूढ़ तृणमूल कांग्रेस के कार्यकर्ताओं द्वारा अमित शाह पर हमले की खबर हमारे स्वर्णिम लोकतांत्रिक इतिहास पर एक धब्बा बनकर दर्ज हो चुकी है।

भारत के संविधान ने देश के हर नागरिक को बराबर की अभिव्यक्ति की आजादी दी है। पश्चिम बंगाल की मुख्यमंत्री और तृणमूल कांग्रेस की मुखिया ममता बनर्जी ने राज्य में जिस तरीके से हिंसा की राजनीति को हवा दी, चिटफंड घोटाले की जाँच के लिए बंगाल गई सी.बी.आई. टीम को गिरफ्तार करके देश

के संघीय ढाँचे को चुनौती दी, वह बेहद चिंता का विषय है। ममता बनर्जी ने राष्ट्रभक्ति और देश से प्रेम करनेवालों को चुनौती दी है। सत्ता को अपने हाथों से फिसलते देखकर वह देश को जिस तरह फिर से बाँटने की धमकी दे रही हैं, वह राष्ट्रीय एकता और अखंडता के लिए बहुत बड़ी चुनौती है। ऐसे माहौल में मुझे लगा कि लोकतांत्रिक मूल्यों और राष्ट्रीय एकता व अखंडता को पुष्ट करने के लिए पुस्तक का लिखा जाना जरूरी है।

अगर यह कहा जाए कि आजादी के बाद कांग्रेस, वामपंथी दलों और तृणमूल कांग्रेस ने जिस तरह से राजनीतिक अव्यवस्था को अपना हथियार बना रखा है, वह प्रखर सांस्कृतिक और बौद्धिक विरासत से भरपूर इस राज्य के लिए अभिशाप बन गया है, तो कोई अतिशयोक्ति नहीं होगी। कभी भारतवर्ष को दिशा देनेवाला पश्चिम बंगाल आज अपनी दिशा तलाश रहा है। वंदे मातरम् और जन-गण-मन की इस धरती पर आज राष्ट्रवादी सोच के भरोसे भाजपा की बढ़ती ताकत के भय से ममता बनर्जी जेहादी ताकतों के बल पर देश को तोड़ने की धमकी दे रही हैं। लेकिन मुझे पूरा विश्वास है कि बंगाल की जनता उनके इस प्रयास को किसी भी कीमत पर सफल नहीं होने देगी।

माँ, माटी और मानुष का नारा देकर ममता बनर्जी ने राज्य की जनता के साथ जो छल किया है, वह लोकतंत्र पर एक धब्बा है। अपनी कुरसी बचाने के लिए ममता अब राज्य का नाम बदलने का कदम उठाकर भावुकता की चाशनी में डूबा एक नया उत्पाद जनता के सामने पेश करके 'पोरिबोर्तन' का राग अलाप रही हैं। वह ऐसा इसलिए कर रही हैं, जिससे कि राष्ट्रवाद की सुनामी को क्षेत्रवाद की आँधी के सहारे टक्कर दे सकें। लेकिन जनता कह रही है कि उसे अब पोरिबर्तन नहीं, बल्कि संपूर्ण बदलाव चाहिए। एक ऐसा परिवर्तन, जहाँ पूरे राज्य में प्रखर राष्ट्रवाद का परचम चारों तरफ फिर से फहराए और पश्चिम बंगाल अपनी समृद्ध, वैभवशाली, ऐतिहासिक विरासत को नए सिरे से पुष्पित-पल्लवित कर सके।

पश्चिम बंगाल के आजादी के बाद से लेकर अब तक के राजनीतिक

इतिहास की निष्पक्ष विवेचना हमें इसी निष्कर्ष पर पहुँचाती है कि ममता की राजनीतिक उत्पत्ति कांग्रेस और वामपंथियों के बीच बरसों से चले आ रहे अवैध गठजोड़ का परिणाम है। ममता की अपनी कोई स्पष्ट राजनीतिक विचारधारा है ही नहीं। वैचारिक दोगलेपन की कमजोरी के कारण ही उन्होंने कांग्रेसियों व वामपंथियों की तुष्टीकरण और हिंसा की राजनीति को अपना प्रमुख हथियार बनाया तथा माँ-माटी-मानुष की आड़ में अपने राजनीतिक स्वार्थों को सिद्ध करने के अलावा जनहित का कोई काम नहीं किया। आज वह पश्चिम बंगाल की सत्ता के शिखर पर बैठकर अपने ही लोगों को आग में झोंक रही हैं। सिर्फ इसलिए कि उनकी कुरसी पर कोई दूसरा न बैठ जाए। यह उनके वैचारिक दीवालिएपन की पराकाष्ठा नहीं तो और क्या है। आज ममता का नाम मानवता के नाम पर कलंक बन चुका है, इसमें कोई दो राय नहीं है।

बंगाल का नाम आते ही भारत के किसी भी राज्य के निवासी के मस्तिष्क में सबसे पहले दुर्गा पूजा का खयाल आता है। माँ दुर्गा, माँ काली को शक्ति के रूप में पश्चिम बंगाल ही नहीं समूचा भारत पूजता आया है। मर्यादा पुरुषोत्तम भगवान् राम ने राक्षस रावण का वध करने के लिए इसी शक्ति की आराधना की थी। ममता बनर्जी ने इसे भी राजनीति का विषय बना दिया है। आज हर तरफ यही सवाल उठ रहा है कि आखिर आस्था और संगीत के आँगन में बारूद की फसल क्यों और कैसे उग गई?

ममता बनर्जी ने अपने सत्ता-स्वार्थ की पूर्ति हेतु देश की सुरक्षा के लिए चुनौती बने रोहिंग्या और बांग्लादेशी घुसपैठियों का समर्थन करके जिस तरह हिंदू समाज के मूल्यों पर हमला किया है, वह बेहद चिंताजनक है। आज पश्चिम बंगाल की आबादी अगर राष्ट्रीय विकास की दौड़ में पिछड़ रही है तो उसके लिए सिर्फ ममता बनर्जी का कुशासन जिम्मेदार है। राज्य में दिनोदिन बढ़ रही भाजपा की राजनीतिक जमीन के भय से आज कांग्रेस और वामदल भी मजबूरी में ममता के साथ खड़े नजर आ रहे हैं। अपने राजनीतिक स्वार्थ की पूर्ति के लिए इन दलों ने पश्चिम बंगाल को आतंकवादियों, घुसपैठियों और

रोहिंग्या शरणार्थियों की पनाहगाह बनाकर रख दिया है। ममता की छत्रच्छाया में पल–बढ़ रहे ये राष्ट्रद्रोही तत्त्व आज पूरे देश की आंतरिक सुरक्षा को भस्मासुर की तरह चुनौती देते नजर आ रहे हैं, जो हर राष्ट्रवादी के लिए गंभीर चिंता का विषय बन गया है। इनका अंत होना बेहद जरूरी है।

ममता ने लोकतांत्रिक मूल्यों के साथ खिलवाड़ करके जिस तरह से बंगाल की जनता की सनातन परंपरा पर कुठाराघात किया है और जिस तरह से उन्होंने राज्य के संसाधनों को घुसपैठियों को लूटने की खुली छूट दे रखी है, उसकी वजह से राज्य की जनता का हक मारा गया। उसकी आवाज दब–सी गई और उसी आवाज को बुलंद करने के लिए जब अमित शाह ने राष्ट्रवाद का परचम बुलंद करने के पवित्र इरादे के साथ जनता के बीच आवाज उठाने का प्रयास किया तो उसे भी हिंसक तरीके से दबाने की पुरजोर कोशिश की गई।

बंगाल की जनता ने पहले स्थानीय चुनावों और फिर 2019 के लोकसभा चुनावों में अपने जनादेश से ममता को साफ संकेत दे दिया है—उसे पोरिबोर्तन नहीं, अब संपूर्ण बदलाव चाहिए।

सत्ता की राजनीति के लिए ममता ने अखंड भारत का विभाजन करने की जो राजनीति शुरू की है, वह क्यों? इसका जवाब जन–गण–मन ही देगा और इस तरह की राजनीति इतिहास के गर्त में गायब हो जाएगी।

अनुक्रम

पश्चिम बंगाल का राजनीतिक अभिशाप : अव्यवस्था बनी सत्ता का हथियार

प्रखर सांस्कृतिक और बौद्धिक विरासत से भरपूर पश्चिम बंगाल ने अनादिकाल से भारत राष्ट्र को दिशा दी है। स्वाधीनता आंदोलन में पश्चिम बंगाल की केंद्रीय भूमिका इतिहास में स्वर्णाक्षरों में अंकित है। आधुनिक बंगाल का इतिहास यूरोपीय तथा अंग्रेजी व्यापारिक कंपनियों के आगमन से शुरू होता है। वर्ष 1757 में ईस्ट इंडिया कंपनी और बंगाल के नवाब सिराजुद्दौला के दगाबाज सेनापति मीर जाफर के बीच हुए प्लासी के युद्ध ने जिस तरह से भारत के इतिहास की धारा को मोड़ दिया था, आज पश्चिम बंगाल एक बार फिर एक ऐसे दोराहे पर खड़ा है, जो धारा को इतिहास की सनातन जड़ों की तरफ ले जाने के लिए वहाँ की जनता को प्रेरित कर रहा है।

जब अंग्रेजों ने बंगाल के रास्ते भारत में अपनी जड़ों को फैलाना शुरू किया तो उन्होंने 'बाँटो और राज करो' की नीति का प्रयोग सबसे पहले यहीं पर किया। इस नीति को अमल में लाकर अंग्रेजों ने वर्ष 1905 में बंगाल का विभाजन कर दिया। बंगाल के लोगों ने इसे अपने स्वाभिमान पर चोट की तरह लिया और आखिरकार उनके प्रखर विरोध के आगे झुकते हुए अंग्रेजी हुकूमत ने 1911 में बंगाल को फिर से एक कर दिया। आज पश्चिम बंगाल एक बार फिर से अपने स्वाभिमान की लड़ाई लड़ने के लिए हुंकार भर रहा है।

पश्चिम बंगाल की मुख्यमंत्री ममता बनर्जी ने अपनी छद्म धर्मनिरपेक्षवादी

तथा जन-विरोधी नीतियों से वहाँ की गरीब जनता का जीना मुहाल कर दिया है। दरअसल, सत्ता के मोह में अंधी ममता बनर्जी की सरकार के दो चेहरे हैं। ममता की सरकार जिस तरह अपने राजनीतिक विरोधियों की हत्या करवा रही है, उससे यह बिल्कुल साफ हो गया है कि उनके लिए जनता से अधिक महत्त्वपूर्ण कुरसी है। वह गरीब की तरह वेशभूषा बनाकर गरीबों को ही चूस रही हैं, इसमें अब किसी तरह के शक की कोई गुंजाइश नहीं बची है। लोकसभा चुनाव के दौरान, जब जनता ममता के कुशासन को खत्म करने के लिए बेचैन थी, तो ममता को अपनी सत्ता हिलते दिखाई देने लगी। पुलिस के साथ ममता ने अपने पाले हुए गुंडों को मैदान में उतारा और आज स्थिति यह हो गई है कि पूरे राज्य में हाहाकार मचा हुआ है। ये राजनीतिक हत्याएँ इस बात की तस्दीक करती हैं कि सत्ता को बचाए रखने की अखिरी कोशिश के तहत ममता ने अपने कार्यकर्ताओं को हथियार उठाने की खुली छूट दे रखी है।

सन् 1911 में स्थानीय आंदोलन के बाद अंग्रेजों द्वारा किए गए बंगाल के एकीकरण को जनता ने अपनी सफलता माना और परिणाम यह हुआ कि स्वतंत्रता आंदोलन की ज्वाला और तेजी से भड़क उठी, जिसका पटाक्षेप वर्ष 1947 में धर्म के आधार पर देश के एक नए विभाजन और आजादी के साथ हुआ। इस विभाजन का खामियाजा बंगाल के लोगों को भुगतना पड़ा। अंग्रेजों ने बंगाल के एक बड़े हिस्से को काटकर पूर्वी पाकिस्तान बना दिया, जो 1971 में आजाद होकर बँगलादेश के रूप में अस्तित्व में आया। वर्ष 1947 और 1971 के दौर में पश्चिम बंगाल में मानवीय त्रासदी को भारी विस्थापन और मार-काट के रूप में देखा गया। शरणार्थियों की बाढ़ और राजनीतिक उथल-पथल के इस दौर ने पश्चिम बंगाल का कितना नुकसान किया है, इसका अंदाजा लगाना और आकलन करना बेहद मुश्किल है।

प्रखर राष्ट्रवादी चिंतक अरविंद घोष, इंदिरा देवी चौधरानी, विपिनचंद्र पाल, राष्ट्रवादियों की प्रेरणा के केंद्रबिंदु बने रामकृष्ण परमहंस के शिष्य स्वामी विवेकानंद इसी मिट्टी की उपज रहे हैं। भारतीय राष्ट्रीय कांग्रेस के पहले अध्यक्ष व्योमेश चंद्र बनर्जी और पुरजोर तरीके से स्वराज की वकालत

करनेवाले सुरेंद्रनाथ बनर्जी भी यहीं के थे। पश्चिम बंगाल को 19वीं सदी के उत्तरार्ध और 20वीं शताब्दी के प्रारंभ में प्रख्यात बांग्ला साहित्यकार बंकिमचंद्र चटर्जी, जिनका लिखा 'आनंदमठ' का गीत 'वंदे मातरम्' आज भारत का राष्ट्र गीत है और नेताजी सुभाषचंद्र बोस, इनके अलावा राष्ट्रकवि रवींद्रनाथ टैगोर जैसे महान् रचनाकार से लेकर सैकड़ों स्वाधीनता के सिपाहियों का घर होने का गौरव प्राप्त है। जम्मू-कश्मीर को लेकर देश की एकता और अखंडता के लिए अपने प्राणों की आहुति देनेवाले जनसंघ के नेता श्यामा प्रसाद मुखर्जी भी इसी उर्वर जमीन की उपज थे। बता दें कि श्यामा प्रसाद मुखर्जी पहले कांग्रेस से जुड़े हुए थे, लेकिन पंडित जवाहर लाल नेहरू की मुसलिम तुष्टीकरण की नीति के कारण उन्हें अपना रास्ता बदलकर हिंदू समाज के हितों की रक्षा के लिए कांग्रेस का साथ छोड़ने व राष्ट्रीय स्वयंसेवक संघ के सर-संघचालक गुरु गोलवलकर से सलाह-मशविरा करके 21 अक्तूबर, 1951 को 'जनसंघ' की स्थापना करने को मजबूर होना पड़ा था। इसे श्यामा प्रसाद मुखर्जी की दूरदृष्टि ही कहा जाएगा कि जो संकट उन्होंने पश्चिम बंगाल में आजादी के तीन साल बाद ही देख लिया था, उसी संकट से निबटने के आजादी के 72 साल बाद वहाँ की जनता आज उनकी प्रखर राष्ट्रवादी विचारधारा की वाहक भारतीय जनता पार्टी की तरफ बड़ी उम्मीद के साथ देख रही है। प्रधानमंत्री नरेंद्र मोदी के मजबूत नेतृत्व में पश्चिम बंगाल की जनता ने लोकसभा चुनाव

के दौरान विश्वास व्यक्त करके ममता बनर्जी के लिए भावी संकट का संदेश दे दिया है।

इसे पश्चिम बंगाल का भू-राजनैतिक अभिशाप ही कहा जाएगा कि समाज-सुधार और सांस्कृतिक क्रांति की इस भूमि को कांग्रेस-वामपंथ-तृणमूल कांग्रेस की तिकड़ी ने अपने तिकड़म से अब तक जनता को हर तरीके से छलने का काम किया है। इन तीनों दलों के बीच आपसी संबंधों पर विचार करें तो ऐसा प्रतीत होता है कि वास्तव में एक ही विचारधारा के लोगों ने नाम बदल-बदलकर यहाँ की जनता का शोषण किया है। इन सबका एकमात्र उद्देश्य यही रहा है कि गरीबों को पूँजीवाद तथा अल्पसंख्यकों को राष्ट्रवाद का भूत दिखाकर जनता को किसी भी तरह छला जाए। कांग्रेस का शासन गया तो कम्युनिस्ट आए और उन्होंने सबसे पहले इतिहास को अपने हिसाब से तोड़-मरोड़कर बदल डाला। कम्युनिस्टों ने ऐसे हर प्रयास को आगे बढ़ाया, जिससे पश्चिम बंगाल में राष्ट्रवादी ताकतें कमजोर हों। विशेष रूप से जनमानस के मनोभाव और उसकी राष्ट्रवादी विचारधारा को प्रभावहीन करने की सोची-समझी साजिश के तहत वामपंथियों ने पश्चिम बंगाल ही नहीं, पूरे देश के इतिहास को तोड़ा-मरोड़ा। इसके अलावा उन्होंने राष्ट्र की संप्रभुता, एकता और अखंडता से समझौता करके घुसपैठियों को पाला-पोसा। ये घुसपैठिए आज सिर्फ पश्चिम बंगाल ही नहीं, बल्कि समूचे पूर्वोत्तर और देश के आंतरिक इलाकों के कई राज्यों में अपनी पैठ बना चुके हैं। इनकी औलादें भारत में पैदा होकर यहाँ का नागरिक बन चुकी हैं और राष्ट्रवाद इनके शब्दकोश में है ही नहीं।

यह एक सर्वविदित तथ्य है कि कांग्रेस ने वामपंथियों का हर मौके पर अपने फायदे के लिए इस्तेमाल किया है। राष्ट्रवाद और भारत की सांस्कृतिक विरासत के प्रति वामपंथियों की घृणा का आलम यह रहा कि इन लोगों ने दुनिया की कम्युनिस्ट राजनीति के नेताओं की जीवनी को पाठ्यक्रमों में शामिल किया। मार्क्स, लेनिन, उल्वानोव, स्टालिन और चाउसेस्कू सहित कई नेताओं को उनके देश में ही भुला दिया गया, लेकिन हमारे वामपंथी

विचारकों ने इनको अपने यहाँ के पाठ्यक्रमों में शामिल करके ऐसे जननायक की तरह पेश किया, जो समाज की हर विषमता को दूर करके सबको बराबरी पर ला देगा। मार्क्सवादी इतिहास को पाठ्यक्रमों में शामिल करके वामपंथियों ने यह सोचा कि उनकी विचारधारा का प्रचार-प्रसार और दायरा बढ़ेगा तो सत्ता पर उनकी पकड़ भी मजबूत बनेगी और इसका विस्तार होगा; लेकिन उधारी की वामपंथी विचारधारा और अन्य तथाकथित धर्मनिरपेक्ष दलों, जैसे कांग्रेस व तृणमूल कांग्रेस की तुष्टीकरण की राजनीति आज अपनी अंतिम साँसें गिन रही है।

आजादी के बाद पश्चिम बंगाल में कांग्रेस ने वर्ष 1967 तक शासन किया। कांग्रेस के मुख्यमंत्री सिद्धार्थ शंकर रॉय के शासनकाल में पश्चिम बंगाल के उद्योग-धंधे बुरी तरह चौपट हुए और वामपंथियों ने इसे पूरी तरह चौपट कर डाला। अगर पश्चिम बंगाल के आजादी के बाद से लेकर वामपंथियों की सरकारों और वर्तमान तृणमूल कांग्रेस की नीतियों तथा उनके क्रियाकलापों का गहराई से विवेचन किया जाए तो यही निष्कर्ष निकलकर सामने आता है कि इनकी नीति के केंद्र में सिर्फ और सिर्फ सत्ता है। इन्हें लोक कल्याण और जनहित से कोई लेना-देना नहीं है। इन लोगों ने उद्योगपतियों को शोषक पूँजीवादी धनपशु के रूप में जनता के बीच प्रचारित किया और लोगों को विकास से महरूम रखा। इसका परिणाम यह हुआ कि पश्चिम बंगाल में पूँजी निवेश हुआ नहीं, अलबत्ता पूर्व निवेशित पूँजी भी बाहर चली गई और राष्ट्रीय विकास की तुलना में पश्चिम बंगाल से काफी पीछे रह गया।

कांग्रेस के कुशासन से पश्चिम बंगाल में बड़ा खाद्य संकट पैदा हुआ और 1967 के विधानसभा चुनाव में पहली बार 15 मार्च को मार्क्सवादी कम्युनिस्ट पार्टी के प्रयास से संयुक्त मोर्चा की सरकार बनी और बांग्ला कांग्रेस के अजय मुखर्जी मुख्यमंत्री और ज्योति बसु उप-मुख्यमंत्री बने। इस सरकार में उक्त दो दलों के अलावा भारतीय कम्युनिस्ट पार्टी, ऑल इंडिया फॉरवर्ड ब्लॉक, रिवोल्यूशनरी सोशलिस्ट पार्टी, सोशलिस्ट यूनिटी सेंटर ऑफ इंडिया, संयुक्त सोशलिस्ट पार्टी, वर्कर्स पार्टी ऑफ इंडिया, अखिल भारतीय

गोरखा लीग, प्रजा सोशलिस्ट पार्टी, लोकसेवक संघ जैसे दल शामिल थे। यह सरकार 18 सूत्रीय कार्यक्रम के आधार पर चुनाव जीती थी। इसमें लोगों की बुनियादी जरूरतों को पूरा करने, खाद्य संकट का समाधान करने, शरणार्थियों का पुनर्वास करने, भ्रष्टाचार के खिलाफ संघर्ष छेड़ने, भाई-भतीजावाद को समाप्त करने तथा कालाधन, बेरोजगारी और अनाज की कीमतों पर काबू पाने, महिलाओं, अनुसूचित जातियों और अनुसूचित जनजातियों पर विशेष ध्यान देने, पुलिस बल में सुधार करने तथा लोकतांत्रिक अधिकारों की रक्षा करने जैसे वादे किए गए थे। पुलिस बल में सुधार के नाम पर संयुक्त मोर्चा सरकार ने एक अध्यादेश निकालकर मजदूर संगठनों के लोकतांत्रिक आंदोलनों में पुलिस के बल प्रयोग पर रोक लगा दी। इसकी वजह से पूरे राज्य में मजदूर संगठन ने अपने उद्यमी मालिकों के खिलाफ घेराव करना शुरू कर दिया। बचे-खुचे उद्योग-धंधे भी इसकी भेट चढ़ गए।

उस दौर के इन 18 मुद्दों पर नजर डालें और पश्चिम बंगाल में आज के ममता बनर्जी सरकार के दौरान सूबे के हालात से तुलना करें तो स्पष्ट हो जाता है कि यह राज्य अभी भी जड़ता में बुरी तरह जकड़ा हुआ है। आज के हालात इस बात की तरफ भी साफ इशारा कर रहे हैं कि पश्चिम बंगाल की जनता को कांग्रेस, वामदलों तथा तृणमूल कांग्रेस के शासन की असलियत का पता चल गया है। वहाँ की जनता, विशेष तौर पर युवा आबादी इस जड़ता को तोड़ने के लिए बेचैन है। बंगाल की जनता को प्रधानमंत्री नरेंद्र मोदी के नेतृत्व में उम्मीद की जो किरण दिखाई दे रही है, वह ममता बनर्जी की सरकार की आँखों में चुभ रही है। इस चुभन को समाप्त करने के लिए ममता ने अपने कैडर के गुंडों और पुलिस को आगे करके अपनी आँखों को बंद कर लिया है। इसमें कोई दो राय नहीं है कि पश्चिम बंगाल की जनता अगले विधानसभा चुनाव में उनकी आँखों को खोल देगी, लेकिन तब एक बड़ा फर्क यह रहेगा कि जनमत की यह रोशनी पूरी ताकत के साथ अपना सतरंगी प्रकाश बिखेरेगी और इस प्रकाश का ममता की आँखों पर बुरा असर पड़ना अवश्यंभावी है। जनता उनको सत्ता से बेदखल करने का इंतजार कर रही है और वर्ष 2019

के आम चुनाव में तृणमूल कांग्रेस को आईना दिखाकर उसने यह साफ बता दिया है कि आगामी विधानसभा चुनाव में ममता सत्ता से बाहर हो जाएँगी।

सब जानते हैं कि कम्युनिस्ट शासनकाल में पश्चिम बंगाल विरोधियों को ठिकाने लगाने की प्रयोगशाला बन गया था। बंगाल में विरोधियों का नामोनिशान मिटाने के लिए वे तमाम प्रयोग किए जाते थे, जो स्टालिन और लेनिन ने स्थापित किए थे। पश्चिम बंगाल के पूर्व कम्युनिस्ट मुख्यमंत्री बुद्धदेव भट्टाचार्य ने विधानसभा में एक प्रश्न के उत्तर में यह स्वीकार किया था कि कम्युनिस्ट शासन के लगभग तीस साल के कार्यकाल में राज्य में लगभग 28 हजार लोगों की राजनीतिक हत्याएँ हुईं।

वामपंथियों ने 1967 में सत्ता में हिस्सेदारी मिलने और उसका स्वाद चखने के बाद अपने तथाकथित क्रांतिकारियों को अलग करके 'नक्सलबाड़ी' नाम से नया आंदोलन शुरू किया। भारतीय कम्युनिस्ट पार्टी के नेता चारू मजुमदार और कानू सान्याल ने नक्सलबाड़ी गाँव से इस सशस्त्र आंदोलन की शुरुआत की, जिसका विकृत रूप आज भी देश के कई राज्यों, जैसे आंध्र प्रदेश, तेलंगाना, छत्तीसगढ़, ओडिशा, झारखंड और बिहार के कुछ इलाकों में मौजूद है। यह नक्सलबाड़ी आंदोलन का ही असर था कि सन् 1977 में पहली बार ज्योति बसु के नेतृत्व में वाम दलों की सरकार बनी, जिसने तीन दशक से

अधिक समय तक राज्य में शासन किया।

उक्त तथ्यों के आलोक में सहज अंदाजा लगाया जा सकता है कि पश्चिम बंगाल में माकपा के जंगलराज के साथ ही खूनी राजनीति की यह प्रवृत्ति समाप्त क्यों नहीं हुई। माकपा की हिंसक राजनीति का स्वयं शिकार रहीं ममता बनर्जी के शासन काल में भी यह घृणित राजनीति बदस्तूर जारी है। दरअसल, यह एक कड़वी वास्तविकता है कि तृणमूल कांग्रेस के कार्यकर्ताओं में ऐसे लोगों की संख्या अधिक है, जो वामदलों, विशेष रूप से माकपा से आए हैं। सत्ता-परिवर्तन के साथ ही माकपा के कार्यकर्ता तृणमूल कांग्रेस में चले गए। यही कारण है कि पश्चिम बंगाल में अब भी वही हो रहा है, जो माकपा के समय में होता रहा है। असहमति के प्रति हद दर्जे की असहिष्णुता। जो सहमत नहीं, उसे समाप्त करने की राजनीति को ममता बनर्जी अपने कार्यकर्ताओं और पुलिस के बल पर अमली-जामा पहना रही हैं।

सन् 1998 में कांग्रेस से मतभेद होने के कारण अलग होकर ममता ने तृणमूल कांग्रेस का गठन किया और खुद इस पार्टी की अध्यक्ष बनीं। वामपंथी शासन के खिलाफ जब ममता बनर्जी ने अभियान चलाया, तब भारतीय जनता पार्टी ने यह सोचकर उनका खुलकर समर्थन किया कि केंद्र की राजनीति में उसके नेतृत्ववाले राष्ट्रीय जनतांत्रिक गठबंधन के साथ लंबे समय तक जुड़कर रहनेवाली ममता पश्चिम बंगाल में राष्ट्रवादी विचारधारा को पुष्ट करेंगी। उस समय भाजपा की तरफ से वरिष्ठ नेता राजनाथ सिंह समर्थन देने के लिए ममता के धरना स्थल पर भी गए थे। ममता के जुझारूपन ने पश्चिम बंगाल की जनता को यह उम्मीद दिलाई, सरकार के कुशासन से मुक्त करा सकती हैं। ममता ने उस दौरान लोगों से इसका वादा भी किया था। वह लोगों से कहती थीं कि राज्य को वामपंथी सरकार के कुशासन से मुक्त कराएँगी। उनके इस वादे पर भरोसा करके ही जनता ने उन्हें राज्य की सत्ता दी; लेकिन आज इस भरोसे पर संकट के घने बादल मँडरा रहे हैं। ममता जनता के विश्वास को खो चुकी हैं। उनकी जनविरोधी नीतियों और तुष्टीकरण की राजनीति का पर्दाफाश हो चुका है। राज्य की जनता के मन में तैर रही

यह आशंका अब पूरी परह से पुष्ट हो चुकी है कि ममता बनर्जी दरअसल वामपंथियों की 'बी टीम' हैं और वामपंथी कांग्रेस की 'ए टीम' हैं।

वर्ष 2001 ममता के राजनीतिक जीवन में एक नया मोड़ लेकर आया, जब उन्होंने 2001 के आरंभ में तहलका खुलासों के बाद भाजपा के नेतृत्ववाले राजग से नाता तोड़ा। अक्तूबर 2005 में पश्चिम बंगाल की माकपानीत बुद्धदेव भट्टाचार्य की सरकार द्वारा औद्योगिक विकास के लिए किसानों की जमीन अधिग्रहण किए जाने का उन्होंने विरोध किया। वर्ष 2006 में सिंगूर में किसानों की जमीन टाटा समूह को दिए जाने और सितंबर 2012 में नंदीग्राम को विशेष आर्थिक जोन बनाए जाने के खिलाफ ममता के आंदोलनों को माओवादियों और नक्सलियों का भरपूर समर्थन मिला। दोनों आंदोलनों में कई लोग मारे गए। परियोजना को बंद कराने के बाद ही इन इलाकों में हिंसा बंद हुई; लेकिन हालिया संपन्न हुए लोकसभा चुनाव के दौरान और चुनाव परिणाम आने के बाद जिस तरह से पश्चिम बंगाल में हिंसा हो रही है, उसे देखकर लोग यह कहने लगे हैं कि यहाँ अभी भी बैलेट से अधिक बुलेट में भरोसा करनेवाले लोग सत्ता पर हावी हैं। वास्तविकता यह है कि भाजपा की बढ़ती स्वीकार्यता से ममता के मन में सत्ता खोने का डर बैठ गया है। इसलिए वह अपने परंपरागत अलोकतांत्रिक, तानाशाही और क्रूर तरीकों से जनता को डराने की असफल कोशिश कर रही हैं।

□

‘परिबोर्तन’ नहीं, अब ‘संपूर्ण बदलाव’ चाहिए

ममता बनर्जी ने पश्चिम बंगाल की राजनीति में ‘माँ–माटी और मानुष’ का नारा देकर, जब वामपंथियों के कुशासन से त्रस्त जनता के सामने अपना राजनीतिक एजेंडा पेश किया तो लोगों ने इसे हाथोहाथ लिया। ममता ने दिल्ली की राजनीति में कांग्रेसनीत संप्रग और भाजपानीत राजग गठबंधन से जुड़कर अपने जिद्दी तेवर की जो छवि गढ़ी, अब उनकी राजनीति को देखकर कहा जा सकता है कि उन्होंने पश्चिम बंगाल में उसका जमकर फायदा उठाया। वहाँ की जनता ने ममता में अपने दुख-दर्द से मुक्ति पाने की आकांक्षा के फलीभूत होने का सपना देखा। ममता के साथ खड़ा पश्चिम बंगाल का मानुष उनकी ताकत बना। जाहिर है इस जन-समर्थन से ममता का उत्साह और बढ़ा। वह पूरी ताकत के साथ ‘परिबोर्तन’ के लिए राज्य की राजनीति को प्रभावित करने लगीं।

ममता के संघर्ष को वामपंथियों के गुस्से का सामना करना पड़ा। जनता का सहयोग बढ़ता गया और एक समय ऐसा आया, जब वह सत्तारूढ़ वामपंथी सरकार के सीधे मुकाबले में आ गईं। यहीं से उनके मुख्यमंत्री बनने का रास्ता भी खुला। शुक्रवार, 20 मई, 2011 को ममता बनर्जी ने पश्चिम बंगाल की मुख्यमंत्री के रूप में शपथ ली। ममता ने जब मुख्यमंत्री की कुरसी सँभाली तो उनकी छवि एक ऐसे जुझारू नेता की थी, जो गरीबों और कमजोर वर्ग के हितों की रक्षा, उनके संरक्षण व संवर्धन के लिए प्रतिबद्ध है। उनकी

यह छवि दिखने में भी गरीब जैसी लगे, इसके लिए ममता ने सस्ती सूती साड़ी और उससे भी सस्ती हवाई चप्पल को अपनी पहचान का अभिन्न हिस्सा बनाया। तीन दशक से अधिक समय तक भद्र बंगाली समाज की पहचान बन चुके ज्योति बसु और बुद्धदेव भट्टाचार्य की राजनीतिक विरासत को ममता ने अपने इन्हीं हथकंडों से हासिल किया। ममता ने एक सोची-समझी रणनीति के तहत यह सब किया, क्योंकि उनका मुकाबला गरीब-गुरबा की राजनीति का ट्रेडमार्क बन चुके वामपंथियों से था, जिसने चीन से उधार ली गई विचारधारा के सहारे लगभग साढ़े तीन दशक तक पश्चिम बंगाल की जनता को झाँसे में रखा।

सत्ता के लिए हर तरह की विचारधारा से समझौता करते हुए पश्चिम बंगाल की सत्ता तक पहुँचीं ममता बनर्जी का असली चेहरा अब सामने आ रहा है। उनके लिए जनता का हित नहीं, बल्कि सत्ता अधिक महत्त्वपूर्ण है। संभवत: इसीलिए वामपंथियों की तरह सूबे में लंबी राजनीति खेलने के लिए उन्होंने विरोध को कुचलने के वामपंथी तौर-तरीकों का इस्तेमाल शुरू कर दिया है। इसके लिए उन्होंने पुलिस और पार्टी के कार्यकर्ताओं का गठजोड़ बनाकर पूरे राज्य को हिंसा की आग में झोंक दिया है। जिस तरह से वामपंथी शासनकाल में पुलिस पार्टी काडर के समक्ष मौन साधे हाथ-पर-हाथ धरे बैठी रहती थी, ममता ने भी उसी तरीके को अपना लिया है।

हालिया संपन्न हुए लोकसभा चुनाव के हर चरण में ममता के कार्यकर्ताओं ने हिंसा की और विरोध में खड़े राजनीतिक दलों के कार्यकर्ताओं को धमकाने में कोई कोर-कसर बाकी नहीं रखा। पहले चरण से शुरू हुई हिंसा न सिर्फ सातवें चरण तक चली, बल्कि चुनाव समाप्ति के बाद भी यह सिलसिला आगे बढ़ा और अभी भी बदस्तूर जारी है। पूरे देश में हिस्ट्रीशीटर बदमाशों को चुनाव से पहले हिरासत में लिया गया, लेकिन पश्चिम बंगाल में ऐसा नहीं हुआ, क्योंकि ममता बनर्जी को इन लोगों की जरूरत थी। इन पर ममता का वरदहस्त है और पुलिस भी सरकार के दबाव में काम कर रही है। इसे विडंबना नहीं तो और क्या कहें कि एक समय था जब ममता बनर्जी

अपने संघर्ष के दिनों में पश्चिम बंगाल की पुलिस पर सरकार के इशारे पर हिंसा फैलाने का आरोप लगाया करती थीं और आज एक वह समय है, जब सत्ता में बने रहने के लिए वह खुद पुलिस बल का खुलेआम दुरुपयोग कर रही हैं।

वर्ष 2014 में जब पूरे देश में देश के एक बड़े हिस्से की राजनीति मोदी लहर से प्रभावित हो चुकी थी, तब ममता बनर्जी ने पश्चिम बंगाल की 42 में से 34 सीटों पर अपने उम्मीदवारों को जिताया और वर्ष 2016 के विधानसभा चुनाव में भारी बहुमत से जनादेश हासिल करके राज्य की सत्ता पर दोबारा कब्जा किया। इन सफलताओं ने ममता के दिमाग में नशे की तरह चढ़ चुके सत्ता के मद को और अधिक गहरा बना दिया। वह इस मद में ऐसी चूर हुईं कि वर्ष 2019 के लोकसभा चुनाव में प्रधानमंत्री पद का सपना देखना शुरू कर दिया; लेकिन जब चुनाव परिणाम सामने आए तो ममता का यह सपना चूर हो गया। भाजपा को 18, तृणमूल कांग्रेस को 22 और कांग्रेस को 2 सीटें मिलीं। इन परिणामों से यही लगता है कि सात बार सांसद और कई वर्षों तक केंद्रीय मंत्री के रूप में मिले लंबे तजुर्बे को ममता ने वामपंथी हथकंडों की तरफ मोड़कर शायद बहुत बड़ी राजनीतिक भूल कर दी है। वर्ष 2019 के लोकसभा चुनाव में भाजपा को पहली बार इस राज्य में मिली शानदार सफलता इस तरफ इशारा कर रही है कि अब पश्चिम बंगाल की जनता को 'पोरिबर्तन' नहीं 'परिवर्तन' का इंतजार है।

पश्चिम बंगाल में भाजपा की शानदार जीत इस बात का सुखद संकेत है कि यहाँ पर प्रखर राष्ट्रवाद का दौर अब एक बार फिर से शुरू हो चुका है। कालचक्र ने पश्चिम बंगाल को इतिहास के उसी मोड़ पर लाकर खड़ा कर दिया है, जहाँ से उसका स्वर्णिम इतिहास शुरू हुआ था। पश्चिम बंगाल में बदलाव की यह जरूरत वामपंथी शासकों और ममता बनर्जी की विभाजनकारी राजनीति के कारण पैदा हुई है। इनकी सरकारों ने वहाँ के सामाजिक ताने-बाने को तार-तार करने में कोई कोर-कसर बाकी नहीं रखी है। कांग्रेस द्वारा शुरू की गई मुसलिम तुष्टीकरण की राजनीति को दोनों ने

जोर-शोर से आगे बढ़ाया है। इनकी तुष्टीकरण की नीतियों पर गौर करें तो ऐसा लगता है कि इनमें मुसलिम मतदाताओं का वोट हासिल करने के लिए एक-दूसरे से लगातार होड़ चलती रही है। दूसरे शब्दों में कहा जाए तो अन्य पूर्ववर्ती सरकारों की तरह ममता बनर्जी की सरकार ने अल्पसंख्यकों के मन में बहुसंख्यंकों का किसी-न-किसी तरह से भय दिखाकर उनका मानसिक शोषण किया। मुसलमानों को एक तरह से प्रखर राष्ट्रवाद की विचारधारा से अलग-थलग करके एक सोची-समझी राजनीति के तहत अपने फायदे के लिए एक के बाद एक इन दलों ने देश का बहुत बड़ा नुकसान किया है। वास्तविकता तो यह है कि प्रखर राष्ट्रवाद से किसी भी धर्म को माननेवाले देशभक्त नागरिक को डरने की कोई जरूरत नहीं है।

प्रधानमंत्री नरेंद्र मोदी के नेतृत्व में भाजपा और उसके सहयोगी दलों के बढ़ते प्रभाव से यह साफ दिखने लगा है कि छद्म धर्मनिरपेक्ष दलों की अल्पसंख्यक भयादोहन की यह राजनीति आज अपनी अंतिम साँस गिन रही है। कभी किसी ने नहीं सुना कि सिख, ईसाई, जैन या पारसी धर्म को माननेवाले अल्पसंख्यक समाज के किसी व्यक्ति को प्रखर राष्ट्रवाद से डर लगा हो। आखिर यह भय सिर्फ सबसे बड़े अल्पसंख्यक समाज, यानी मुसलमानों के

मन में ही क्यों पैदा होता है ? इसका यही जवाब है कि इनके वोट अधिक हैं, जिसके लिए कांग्रेस, तृणमूल कांग्रेस और वामदलों जैसी छद्म धर्मनिरपेक्ष पार्टियाँ लगातार इनके दिमाग में भय को भरा करती हैं। पश्चिम बंगाल की राजनीति में मुसलमानों के तुष्टीकरण की राजनीति कांग्रेस के शासनकाल में शुरू हो गई थी, जिसे ममता बनर्जी ने परवान चढ़ा रखा है। याद कीजिए ममता का एनआरसी यानी राष्ट्रीय नागरिक रजिस्टर को लेकर दिया गया वह बयान, जिसमें उन्होंने कहा था कि यह बंगाल में खून-खराबा लाएगा और यह देश को गृहयुद्ध की स्थिति में ढकेल देगा। उनके इस बयान पर तत्कालीन वित्त मंत्री अरुण जेटली ने याद दिलाया था कि वर्ष 2005 में ममता बनर्जी ने इसका ठीक उलटा कहा था। ममता ने वर्ष 2005 में कहा था कि बाहरी घुसपैठियों के बंगाल में घुसने से एक खतरनाक स्थिति पैदा होगी। जरा गौर से सोचिए कि क्यों ममता के एजेंडे से घुसपैठियों, हवाला और नकली मुद्रा का मुद्दा पूरी तरह बाहर है। सिर्फ इसलिए कि इस काम में वहाँ के जो लोग शामिल हैं, उनमें बहुमत और वर्चस्व सबसे बड़े अल्पसंख्यक समाज का है और ममता बनर्जी की सरकार को इसका हर तरह से फायदा मिल रहा है।

पश्चिम बंगाल की जनता का बदला हुआ केसरिया मिजाज इस तथ्य को पुष्ट करता है कि ममता बनर्जी की वोटबैंक व तुष्टीकरण की राजनीति की पोल-पट्टी खुल चुकी है। लोग उनके कुशासन से जल्द-से-जल्द निजात चाहते हैं। कभी ममता को समस्याओं का समाधान करनेवाली मसीहा की छवि, उनके क्रियाकलापों के चलते, अब कुरसी पर बने रहने के लिए किसी भी हद तक गिरनेवाली सत्तालोलुप नेता की होती जा रही है। इसीलिए वह बौखलाहट में आकर ऊलजलूल हरकतें करने लगी हैं। उनके द्वारा हिंसा को दी जा रही हवा गंभीर चिंता का विषय है।

सबसे बड़ी चिंताजनक बात यह है कि मुख्यमंत्री जैसे जिम्मेदार पद पर बैठी ममता बनर्जी खुद इस हिंसा का नेतृत्व कर रही हैं। लोकसभा चुनाव प्रचार के दौरान ममता ने प्रधानमंत्री नरेंद्र मोदी, भाजपा अध्यक्ष अमित शाह और उत्तर प्रदेश के मुख्यमंत्री योगी आदित्यनाथ के विमानों को अपने राज्य

में उतरने की अनुमति नहीं दी। अमित शाह के सात किलोमीटर लंबे रोड शो में एक बार नहीं, दो बार भी नहीं, तीन-तीन बार हिंसा की गई, आग लगाई गई और कॉलेज के अंदर स्थित ईश्वरचंद विद्यासागर की मूर्ति को भी ममता के हिंसक कार्यकर्ताओं ने नहीं बख्शा। ममता ने बेहद बेशर्मी से अपने कार्यकर्ताओं की इस हिंसा का बचाव किया।

लोकसभा चुनाव परिणाम आने के बाद ममता की बौखलाहट और अधिक बढ़ गई है। उनके अंदर राजनीतिक अस्थिरता का भय पैठ बना चुका है। ममता की बेचैनी का स्तर इस हद तक पहुँच गया है कि प्रधानमंत्री के शपथ-ग्रहण समारोह ने निमंत्रित किए जाने के बावजूद वह समारोह में भाग लेने नहीं आईं। ऐसा करके ममता ने सहयोगात्मक संघवाद की आधुनिक भारत की अवधारणा को नकारने का काम किया है। जब 30 मई, 2019 को प्रधानमंत्री नरेंद्र मोदी अपने मंत्रिमंडल के साथ नई सरकार के लिए शपथ ग्रहण कर रहे थे, तो उस दिन ममता बनर्जी पश्चिम बंगाल के उत्तर 24 परगना जिले में धरना दे रही थीं। इसके चार दिन बाद 3 मई को ममता ने नैहाटी में एक रैली को संबोधित किया और उसके तुरंत बाद भाजपा के दफ्तर पहुँचकर अपने सामने उसका ताला तुड़वा दिया। उनके आदेश पर दफ्तर के भगवा रंग और कमल के निशान को हटाया गया। ममता इतने पर भी नहीं रुकीं। दफ्तर पर कब्जा करने के बाद उन्होंने अपने सामने दीवार पर पुतवाई

गई सफेदी की पृष्ठभूमि में अपने हाथों से पार्टी का निशान पेंट किया और अपनी पार्टी का नाम भी लिखा। नैहाटी में ही कुछ लोगों ने ममता के सामने 'जय श्रीराम' का नारा लगाया तो वह बुरी तरह भड़क उठीं। पुलिस को नारा लगानेवालों पर काररवाई करने का आदेश दिया तो पहले से ही ममता के हुक्म की तामील के इंतजार में बैठी पुलिस ने आधा दर्जन से अधिक लोगों को हिरासत में ले लिया।

ममता के इशारे पर तृणमूल कांग्रेस के साथ मिलकर पश्चिम बंगाल की पुलिस ने जो वफादारी निभाई, चुनाव के चार चरण बीत जाने के बाद चुनाव आयोग ने उसका गंभीरता से संज्ञान लिया। आयोग ने पाँचवें चरण के चुनाव में पोलिंग बूथों पर पश्चिम बंगाल पुलिस की तैनाती पर रोक लगा दी। पुलिस की जगह आयोग ने बूथों पर अर्धसैनिक बलों की तैनाती का आदेश दे दिया था। यह ममता बनर्जी के शासन पर एक बहुत बड़ा सवाल था। इतना ही नहीं आयोग ने ममता के साथ मिली-भगत करके, उनके पक्ष की राजनीति में सक्रिय रूप से भूमिका निभानेवाले पश्चिम बंगाल के प्रधान सचिव और गृह सचिव की भी छुट्टी कर दी थी। आयोग का यह सख्त कदम ममता की संवैधानिक जिम्मेदारी के निर्वाह में विफलता का एक तरह से जीता-जागता प्रमाण-पत्र बन चुका है।

अल्पसंख्यक तुष्टीकरण और धर्म की राजनीति के पैंतरे विफल हो जाने के बाद ममता बनर्जी की उद्विग्नता अब अपने चरम पर पहुँच चुकी है। समाज को बाँटने के लिए ममता अब भाषा और क्षेत्रवाद का कार्ड भी खेलने की कोशिश में जुटी हुई हैं। अब जब ममता को लग रहा है कि वह विधानसभा चुनाव भी भाजपा के हाथों हारने के कगार पर हैं तो वह बँगला अस्मिता को भड़काने का प्रयास कर रही हैं। उन्होंने चेतावनी भरे लहजे में कहा है कि बंगाल में रहने के लिए बांग्ला बोलनी ही पड़ेगी। ऐसा करके वह विशेष रूप से उत्तर प्रदेश, बिहार व अन्य गैर बांग्लाभाषियों को सीधे-सीधे धमकी तो दे ही रही हैं, साथ ही बांग्ला अस्मिता की आड़ में स्थानीय लोगों के टी.एम.सी. से मोहभंग को भी रोकने का प्रयास कर रही हैं।

दरअसल, जुलाई 2018 में ही ममता ने पश्चिम बंगाल की क्षेत्रीय अस्मिता को जगाकर भाजपा के विरुद्ध अपनी मोर्चेबंदी की भूमिका बाँधना आरंभ कर दिया था। उन्होंने पश्चिम बंगाल विधानसभा में एक प्रस्ताव पारित करके राज्य का पश्चिम बंगाल से बदलकर 'बांग्ला' कर दिया था। ऐसा करके वह यह संकेत देना चाहती थीं कि राज्य को उसकी पुरानी जड़ों की तरफ ले जा रही हैं। उसी समय ममता बनर्जी ने कहा था कि 'बांग्ला' नाम इसलिए चुना गया, क्योंकि यह बंगाल की पहचान है। सबको पता है कि केंद्र की मंजूरी के बगैर यह नाम परिवर्तन संभव नहीं है। ममता ने विधानसभा से नाम परिवर्तन का प्रस्ताव पारित हो जाने के बाद कहा था, यह केवल परिबोर्तन, परिबोर्तन, परिबोर्तन है। लोकसभा चुनाव में भाजपा को मिली आशातीत सफलता ने ममता के इस परिबोर्तन को खारिज करके साफ संदेश दे दिया है कि उसे परिबोर्तन नहीं, अब परिवर्तन चाहिए। एक ऐसा परिवर्तन, जहाँ पूरे राज्य में प्रखर राष्ट्रवाद का परचम चारों तरफ फिर से फहराए और पश्चिम बंगाल अपनी समृद्ध, वैभवशाली, ऐतिहासिक विरासत को नए सिरे से पुष्पित-पल्लवित कर सके।

□

कांग्रेस-वामपंथ अवैध गठजोड़ की उपज हैं ममता

सन् 1947 में देश को मिली आजादी के बाद केंद्र और अधिकतर राज्यों की राजनीति में लगभग तीन दशक तक कांग्रेस का एकच्छत्र शासन रहा। शुरुआत के कुछ वर्षों तक तो कांग्रेस के पास संघर्ष से तपकर निकले राष्ट्रसेवा के प्रति समर्पित नेताओं का पर्याप्त नेतृत्व मिलता रहा, लेकिन बाद के वर्षों में नई पीढ़ी के आने के साथ ही उसके पास अच्छे नेताओं की कमी होने लगी। शासन में व्याप्त बुराइयों ने कांग्रेस के नेताओं का हर स्तर पर पतन किया। बाद की पीढ़ी के कांग्रेसी नेता अपने शीर्ष नेतृत्व के नक्शे-कदम पर चलते हुए सत्ता में बने रहने के सभी गुर सीख गए। पश्चिम बंगाल की सत्ता पर काबिज ममता बनर्जी भी कांग्रेस की भ्रष्ट संस्कृति की उपज हैं।

शीर्ष नेतृत्व में नैतिक क्षरण, वैचारिक प्रतिबद्धताओं से भटकाव, अदूरदर्शी नीतियों, समाज को बाँटकर सत्ता में बने रहने का लोभ, नेताओं और नौकरशाहों के बीच अपवित्र गोपनीय गठजोड़, ये सभी बीमारियाँ कांग्रेस में ऊपर से लेकर नीचे तक व्याप्त होती गईं। इसका परिणाम यह हुआ कि सरकार की योजनाएँ जमीनी स्तर पर विकास की कतार में खड़े अंतिम जरूतमंदों तक पहुँच ही नहीं पाईं। समय के साथ स्थानीय राजनीति में क्षत्रपों का उदय होने लगा और इसके साथ ही राज्यों की राजनीति में कांग्रेस की जमीन सिमटने लगी।

अब यह तथ्य जगजाहिर हो चुका है कि तुष्टीकरण की राजनीति का

मुखर विरोध करनेवाले जनसंघ जैसे राष्ट्रवादी दल को सत्ता से दूर रखने के षड्यंत्र के तहत कांग्रेस ने वामपंथियों का भरपूर सहयोग लिया। इस सहयोग के बदले कांग्रेस ने देश के तीन राज्यों पश्चिम बंगाल, त्रिपुरा और केरल को वामपंथ की प्रयोगशाला बनाया। यह केवल संयोग नहीं है कि कांग्रेस की तरह वामपंथी या फिर वामपंथियों की तरह कांग्रेस, दोनों ही इस समय अपने वैचारिक पतन की पराकाष्ठा पर हैं।

उसी कांग्रेस की सत्तालोभी संस्कृति की उपज ममता बनर्जी आज भाजपा को रोकने के लिए हर तरह का हथियार इस्तेमाल कर रही हैं। अगर यह कहा जाए कि ममता बनर्जी कांग्रेस और वामपंथ के अनैतिक संबंधों की उपज हैं, तो कोई अतिशयोक्ति नहीं होगी। 2019 के लोकसभा चुनाव के परिणामों ने ममता के वैचारिक दोगलेपन का आधा पटाक्षेप कर दिया है। इसमें कोई दो राय नहीं हैं कि पश्चिम बंगाल की जनता ममता बनर्जी के वैचारिक मूल को अब समझने लगी है। वहाँ की जनता आगामी विधानसभा चुनाव के बाद ममता की दोगली कांग्रेसी-वामपंथी विचारधारा का पूरी तरह पटाक्षेप कर दे तो आश्चर्य की कोई बात नहीं होगी।

कांग्रेस के केंद्रीय नेतृत्व में बौने नेताओं की भरमार ने उसे परिवारवाद की राजनीति की तरफ ढकेल दिया। पंडित जवाहर लाल नेहरू ने अपनी पुत्री इंदिरा गांधी को राजनीति में उतारकर परिवारवादी राजनीति की गंदी परंपरा की शुरुआत की। आजादी के बाद से लेकर कांग्रेस के अब तक के इतिहास पर नजर डालें तो यही दिखाई देता है, जमीन से कट चुके उसके बौने नेताओं ने प्राचीन भारत में राजाओं के चारण-भाटों की तरह इस परिवार को अपने गीत-गान से कांग्रेस का केंद्रबिंदु बना दिया। सन् 1975 में आपातकाल के दौर में यह परिवार-वंदना इस स्तर तक पहुँच गई कि इंदिरा को इंडिया और इंडिया को इंदिरा बताया जाने लगा। इंदिरा गांधी की हत्या के बाद समय ने कांग्रेस के दरवाजे पर वैचारिक व लोकतांत्रिक मूल्यों की तरफ लौटने का एक सुनहरा अवसर दिया था। लेकिन सत्ता के मोह में अंधे बौने कांग्रेसी नेता इस ऐतिहासिक काल-गति को भी पकड़ नहीं पाए।

31 अक्तूबर, 1984 को इंदिरा गांधी की हत्या के दिन ही महज 12 घंटे के भीतर उनकी कृपा से राष्ट्रपति बने ज्ञानी जैल सिंह ने तत्कालीन वरिष्ठतम नेता प्रणब मुखर्जी की अनदेखी करके परिवार केंद्रित कांग्रेसी राजनीति को पुष्ट करने का काम किया। पश्चिम बंगाल में ममता बनर्जी के उभार के पीछे प्रणब मुखर्जी के साथ कांग्रेस के बौने नेताओं द्वारा किया गया यह घोर अन्याय भी एक प्रमुख कारण रहा है। ममता की राजनीति को प्रणब दा का हमेशा से ही समर्थन रहा, क्योंकि वह पश्चिम बंगाल में वामपंथ-कांग्रेस के अवैध गठजोड़ के भुक्तभोगी थे। अगर कांग्रेस ने पश्चिम बंगाल में वामपंथियों को राजनीतिक जमीन नहीं दी होती, तो वहाँ कांग्रेस की राजनीति को प्रणब मुखर्जी काफी मजबूती के साथ आगे बढ़ाते। कांग्रेस में प्रणब मुखर्जी पश्चिम बंगाल की समृद्ध सनातन हिंदू परंपरा को पुष्ट करनेवाले नेता रहे हैं। दिल्ली की राजनीति में तमाम व्यस्तताओं के बावजूद प्रणब मुखर्जी नवरात्रि के समय अपनी जन्मभूमि वीरभूम जिले में किरनाहर शहर के निकट स्थित मिराती गाँव में पहुँचकर 9 दिन तक स्वयं दुर्गा पूजा करते आ रहे हैं। सनातन परंपरा को पुष्ट करनेवाली अपनी इस छवि को प्रणब दा ने कांग्रेस जैसे घोर तुष्टीकरण की विचारधारावाले दल में रहते हुए भी कभी छुपाने का प्रयत्न नहीं किया। संभवत: प्रणब की इस छवि के कारण वोटबैंक के लिए कांग्रेस ने मुसलिम तुष्टीकरण नीति के तहत उन्हें प्रधानमंत्री की कुरसी से जानबूझकर दूर रखा।

ममता बनर्जी को जब पश्चिम बंगाल में कांग्रेस-वामपंथ गठजोड़ की राजनीति समझ में आ गई तो उन्होंने दोनों की राजनीति का मिश्रण करके अपनी नई तृणमूल-कांग्रेस राजनीति का रास्ता अख्तियार किया। उन्होंने कांग्रेस की मुसलिम तुष्टीकरण की राजनीति को अपनाया, तो सिंगूर और नंदीग्राम में औद्योगिक गतिविधियों का विरोध करके गरीबों के बीच वामपंथी विचारधारा की अपनी छवि को पुष्ट किया। इसके लिए ममता ने नक्सलियों से भी खुलकर समर्थन लिया और बदले में उनका भी समर्थन किया। ममता ने कांग्रेस के भ्रष्टाचार और सत्तालोलुपता को अपना संस्कार बनाया, तो

राष्ट्रद्रोही तत्त्वों के सहयोग व बदले में उनसे समर्थन लेने की वामपंथी नीति को भी अपनी फितरत का अहम हिस्सा बनाया।

आजादी के बाद पैदा हुई कई पीढ़ियों को इतिहास की किताब में कभी पढ़ाया ही नहीं गया कि देश की विभिन्न विचारधाराओं को आपस में जोड़कर राष्ट्रपिता महात्मा गांधी ने अंग्रेजों के विरुद्ध लड़ाई को जब 15 अगस्त, 1947 के दिन अपने अंजाम तक पहुँचा दिया, तो उन्होंने कांग्रेस को भंग करने का सुझाव दिया था। गांधी का कहना था कि कांग्रेस विभिन्न विचारधाराओं का मंच है। आजादी के बाद लोकतंत्र को मजबूत करने के लिए विभिन्न विचाराधाराओं के नेता अपना-अपना दल बनाकर राष्ट्रनिर्माण की राजनीति करें, इसलिए कांग्रेस की अब कोई जरूरत नहीं है; लेकिन पंडित जवाहर लाल नेहरू को पता था कि वह कांग्रेस की विरासत के बगैर अकेले अपने बूते शासन नहीं कर पाएँगे। इसलिए उन्होंने कांग्रेस के नाम पर ही राजनीति को आगे बढ़ाकर कुछ ही समय में अपना वर्चस्व बना लिया। जरा गहराई से विचार किया जाए तो नेहरू ने अपनी पुत्री इंदिरा नेहरू को 'गांधी' टाइटल देकर देश में महात्मा गांधी की लोकप्रियता का भी भरपूर राजनीतिक दोहन किया। इसे देश का दुर्भाग्य और कांग्रेस का नैतिक पतन नहीं तो और क्या कहा जाएगा कि उसका यह रवैया अभी तक बदस्तूर जारी है।

21 मई, 1991 को राजीव गांधी की हत्या के बाद कांग्रेस ने बुजुर्ग व अनुभवी नेता पी.वी. नरसिम्हा राव और सीताराम केसरी को कमान सौंपकर जनता के बीच खुद को लोकतांत्रिक दिखाने का प्रयास किया, लेकिन तब तक उसका वैचारिक पतन इस स्तर तक पहुँच गया था कि महज सात वर्ष में ही उसे एक बार फिर से नेहरू-गांधी परिवार के छद्म तरीके से बनाए गए आभामंडल की छाया में आने को मजबूर होना पड़ा। यहाँ से कांग्रेस के वैचारिक पतन की पराकाष्ठा का वह दौर शुरू हुआ, जब उसके नेता महात्मा गांधी से लेकर राजीव गांधी-सोनिया गांधी की बात एक ही वाक्य में बोलकर देश की जनता को यह संदेश देने का गंदा प्रयास करने लगे कि महात्मा गांधी की विरासत को वह अभी भी सँभाले हुए है। जनता को बरगलाने की इसी राजनीति के तहत राहुल गांधी को भी आगे किया गया, लेकिन कांग्रेस की बीमारी को दूर कर पाने में राहुल असफल रहे। यह राहुल की नहीं, बल्कि कांग्रेस की असफलता है। शीर्ष स्तर पर कांग्रेस की इसी परिवारवादी राजनीति ने देश भर में क्षत्रपों का उदय किया और ममता बनर्जी उसी में से एक हैं। यह बिल्कुल स्पष्ट है कि ममता बनर्जी कांग्रेस के आंतरिक संगठनात्मक कुशासन और उसके वैचारिक दोगलेपन की पैदाइश हैं।

आजादी के बाद कांग्रेस में पैदा हुई वैचारिक शून्यता से उसके क्षेत्रीय नेताओं के अंदर असुरक्षा की भावना पैदा हुई। कांग्रेस में पूँजीवाद और समाजवाद के बीच तालमेल बनाकर देश का विकास करने की पंडित जवाहर लाल नेहरू की नीति ने कुछ समय बाद ही वामपंथ के साथ अनैतिक गठजोड़ का रास्ता खोला। पंडित नेहरू संघ के विचारों को अपनी राजनीति के लिए बहुत बड़ा खतरा मानते थे। वामपंथ के साथ गठजोड़ के पीछे उनके मनोमस्तिष्क में कहीं-न-कहीं संघ की विचाराधारा के देश में मजबूत होने का भय था। धर्म के आधार पर देश के टुकड़े करके हासिल की गई सत्ता को सँभालने के लिए प्रखर राष्ट्रवाद से सुरक्षित दूरी बनाए रखना, कांग्रेस की राजनीतिक मजबूरी थी। कांग्रेस ने इसे धर्मनिरपेक्षता यानी सेक्युलरिजम का नाम दिया।

वैसे तो यह शब्द पंडित नेहरू के समय से ही राजनीतिक इस्तेमाल में

खूब चल रहा था, लेकिन इंदिरा गांधी ने बाद में इसे देश के संविधान का हिस्सा बना दिया। संविधान की प्रस्तावना में इस शब्द को संविधान के 42वें संशोधन के द्वारा 1976 में जोड़ा गया, सिर्फ इसलिए कि तुष्टीकरण के सहारे देश में राष्ट्रवादी राजनीति करनेवाले दलों को सत्ता में आने से रोका जाए। वास्तव में कांग्रेस और उसके वामपंथी व समाजवादी सहयोगी दलों ने देश के बँटवारे के बाद भारत के मुसलिम वोटों को थोक में हासिल करने के लिए इस शब्द का जमकर दुरुपयोग किया है। अब यह साफ हो चुका है कि धर्मनिरपेक्षता के नाम पर इन दलों ने मुसलिम तुष्टीकरण किया और इस हद तक गिरे कि राष्ट्रवाद की विचाररधारा पर जेहादी व आतंकवादी विचारधारा हावी होने लगी। अगर हम भारत के प्राचीन गौरवशाली अतीत को देखें तो सर्वधर्म समन्वय वैचारिक एवं दार्शनिक स्वतंत्रता हमें अंग्रेजों ने नहीं, बल्कि हमारे दूरदर्शी पूर्वजों ने विरासत के तौर सौंपी है। यह बेहद दुखद बात है कि 'वसुधैव कुटुम्बकम्' की सनातन अवधारणा के लिए पूरे विश्व में पहचाना जानेवाला भारत कांग्रेस की छद्म धर्मनिरपेक्षवादी स्वार्थपरक राजनीति का शिकार हो गया। नए भारत को इस छलावे से बाहर निकलना ही होगा। इसी में देश का और देश की समस्त जनता का कल्याण निहित है।

देश के लोग जैसे-जैसे इस हकीकत को समझ रहे हैं, वे राष्ट्रवाद की

नई सुनामी में प्रधानमंत्री नरेंद्र मोदी और भाजपा के साथ जुड़ते जा रहे हैं। ममता के चंगुल में फँसी पश्चिम बंगाल की जनता ने कांग्रेस और वामपंथ को बाहर करने के बाद अब ममता को भी बाहर करने का मन बना लिया है। यहाँ बह रही राष्ट्रवाद की नई बयार इसी तरफ संकेत कर रही है कि पश्चिम बंगाल का जनमानस तुष्टीकरण के नाम पर राज्य में अवैध तरीके से आए बांग्लादेशी घुसपैठियों तथा नकली नोट, गोला-बारूद और गौ-तस्करी में लिप्त राष्ट्रविरोधी तत्त्वों को कतई बर्दाश्त करनेवाला नहीं है।

यह एक ऐतिहासिक तथ्य है कि सेक्युलरिज्म खेमे को मजबूत बनाए रखने के उद्देश्य से वैचारिक जुगाड़बंदी करके वामपंथ और समाजवाद की राजनीति को साथ लेकर इंदिरा गांधी की कांग्रेस ने खुद को तात्कालिक रूप से जनसंघ और भाजपा की तुलना में भले ही मजबूत किया, लेकिन दूरगामी नजरिए से उसने अपने पैरों पर कुल्हाड़ी मारने का काम किया। आज कांग्रेस की जो हालत हुई है, उसके पीछे उसकी सत्तालोलुपता, उसका परिवारवाद व वैचारिक पतन प्रमुख कारण रहे हैं। कांग्रेस की इसी भ्रमित विचाराधारा की उपज पश्चिम बंगाल की मुख्यमंत्री ममता बनर्जी हैं। 1976 में ममता ने महिला कांग्रेस की महासचिव बनकर राजनीति में कदम बढ़ाया और आज वह पश्चिम बंगाल की सत्ता के शिखर पर बैठकर अपने ही लोगों को आग में झोंक रही हैं। सिर्फ इसलिए कि उनकी कुरसी पर कोई दूसरा न बैठ जाए। यह उनके वैचारिक दीवालियापन की पराकाष्ठा नहीं तो और क्या है। आज ममता का नाम मानवता के नाम पर कलंक बन चुका है, इसमें कोई दो राय नहीं है।

□

क्यों पैदा हुई आस्था और संगीत के आँगन में बारूद की फसल

बंगाल का नाम आते ही भारत के किसी भी राज्य के निवासी के मस्तिष्क में सबसे पहले दुर्गा पूजा का खयाल आता है। शारदीय नवरात्र के अवसर पर 10 दिनों तक समूचा बंगाल माँ दुर्गा की पूजा में मस्त और व्यस्त रहता है। बंगाल के हिंदू समाज के लिए माँ दुर्गा और माँ काली की आराधना से बड़ा कोई उत्सव नहीं है। माना जाता है कि बंगाल में शक्ति की प्रतीक माँ दुर्गा की पूजा की शुरुआत करने में कृत्तिबास ओझा का योगदान सबसे अहम रहा है।

बंगाल में ममता बनर्जी ने अपनी मर रही कांग्रेसी-वामपंथी मिश्रित विचारधारावाली कुत्सित राजनीति को बचाने के जिस तरह से मर्यादा पुरुषोत्तम भगवान् श्रीराम के प्रति अपने गुस्से का इजहार किया है, उसकी वजह से करोड़ों रामभक्तों के मर्मस्थल पर चोट लगी है। ऐसे में आज हम सबके लिए एक बार फिर से इस राज्य की आराध्य देवी माँ दुर्गा के प्रति राम की श्रद्धा को समझना जरूरी हो गया है। किसको नहीं पता है कि राम ने तो माँ दुर्गा की आराधना करके उनसे मिली शक्ति के सहारे राक्षस रावण का अंत किया था। मध्यकाल के सुप्रसिद्ध बांग्ला भक्तकवि कृत्तिबास ओझा ने संस्कृत में लिखे गए वाल्मीकि रामायण के आधार पर स्थानीय जनता का मनोबल बढ़ाने और लोगों के बीच नैतिक बल को मजबूत करने के उद्देश्य से बांग्ला रामायण 'श्रीराम पांचाली' की रचना की। बंगाल में इसे

'कृत्तिबासी रामायण' भी कहा जाता है। कृत्तिबास ओझा ने बंगाल के समाज में नारी पूजा की परंपरा का अनुसरण करते हुए अपने महाकाव्य में शक्ति पूजा का विस्तार से वर्णन किया। कृत्तिबास ओझा का जन्म सन् 1381 में बंगाल में हुआ था। वे एक कवि ही नहीं बल्कि दार्शनिक भी थे। काव्य से इतर दर्शन में उनका योगदान इसलिए अहम माना जाता है, क्योंकि 'भक्ति' की संकल्पना सबसे पहले उन्होंने ही दी थी।

मध्यकालीन भारत के समाज को कृत्तिबास ने जिस तरह सकारात्मक ऊर्जा का संचार करके प्रभावित किया, मध्यकाल में उनके बाद महाराष्ट्र से पंजाब तक और राजस्थान से असम तक कई भक्तकवि हुए। सूरदास, तुलसीदास, कबीरदास, रैदास, दादू, नानक, शंकरदेव, तुकाराम, मीराबाई जैसे संतों ने कहीं-न-कहीं भक्ति की कृत्तिबास ओझा की मान्यता को केंद्र में रखकर अपनी रचनाएँ कीं और भक्ति आंदोलन के सहारे विदेशी हमलावरों के आक्रमण से हताश जनता को बहुत बड़ी ताकत दी। कृत्तिबास ओझा ने आचार्य शंकर के उस अद्वैत वेदांत सिद्धांत कि 'सब ब्रह्म हैं' से अलग राय दी। उनकी भक्ति की संकल्पना में भगवान् और भक्त दोनों कभी भी बराबर नहीं हो सकते हैं और इनमें हमेशा अंतर रहता है। उनका मानना था कि भक्त यदि पूजा, साधना, जप-तप आदि उपायों को करे तो ही उसे भगवान् का साथ मिल सकता है। ओझा का मानना था कि अद्वैत वेदांत के 'सब बराबर हैं' कह देने से लोग निठल्ले हो गए। उनका कहना था कि इस विचार से समाज का कल्याण नहीं हो सकता, समाज के लोगों को साधना करनी पड़ेगी। गौर से विचार किया जाए तो ओझा की परंपरावाले इन भक्त कवियों ने भले ही भक्ति को मूल समाधान बताया, लेकिन इसके पीछे उनकी सोच काफी गहरी और दूरदर्शी थी। वे जानते थे कि समाज में मानवीय मूल्यों का पतन और सामाजिक भावना का क्षरण देश की दुर्दशा का प्रमुख कारण है, इसलिए सबसे पहले लोगों में मानवता का विकास करना जरूरी है। भक्ति और भगवान् का सहारा लेकर इन कवियों ने लोगों में अनुशासन, मेहनत, आत्मविश्वास, दया, प्रेम जैसे सद्गुणों का विकास करने का प्रयास सच्चे हृदय से किया। माना जाता है कि देवी दुर्गा की पहली

भव्य पूजा 15वीं सदी के पूर्वार्ध में बंगाल के दीनाजपुर और माल्दा के स्थानीय निवासियों और जमींदारों ने की थी। सामूहिक दुर्गा पूजा की शुरुआत वर्ष 1790 में पश्चिम बंगाल के हुगली में गुप्तीपाड़ा के 12 दोस्तों ने की। धीरे-धीरे सामूहिक दुर्गापूजा पूरे बंगाल और आस-पड़ोस के राज्यों में फैल गई और अभी भी इसका विस्तार देश के विभिन्न हिस्सों लगातार होता जा रहा है। इस उत्सव ने बंगाल के सांस्कृतिक विकास में बेहद अहम भूमिका निभाई है।

पश्चिम बंगाल की समृद्ध संस्कृति में सामूहिक पूजा से इतर अन्य क्षेत्रों जैसे साहित्य, नृत्य, गीत, संगीत और चलचित्रों की लंबी, सुव्यवस्थित और सुदृढ़ परंपरा रही है। उक्त तथ्यों के आलोक में यह स्पष्ट हो जाता है कि कृत्तिवास ओझा जैसे महान् दार्शनिक कवि के दिखाए रास्ते पर चलकर यह राज्य सदियों से माँ की आराधना करते हुए शांतिपूर्ण सह-अस्तित्व के साथ जीवनयापन की परंपरा का ध्वजवाहक रहा है। इसे यहाँ की जनता का दुर्भाग्य ही कहा जाएगा कि सर्वत्र समान रूप से दिखनेवाली शांतिप्रियतावाले इस राज्य में वामपंथियों ने नक्सलवाद जैसे शब्दों को न सिर्फ ईजाद किया, बल्कि इससे जुड़े रोग को देश के कई अन्य राज्यों में भी फैलाने का असफल प्रयास किया। राज्य की मुख्यमंत्री ममता बनर्जी वामपंथियों की इसी हिंसावादी संस्कृति को आज अपनी सत्ता बचाने के लिए इस्तेमाल में ला रही हैं।

राष्ट्रगान की रचना करनेवाले कवि गुरुदेव रवींद्रनाथ टैगोर ने पश्चिम बंगाल के 500 वर्ष के साहित्यिक एवं सांस्कृतिक इतिहास का मंथन करके यहाँ पर रवींद्र संगीत की बेहद लोकप्रिय परंपरा को जन-जन के बीच नए सिरे से स्थापित किया। रवींद्र संगीत आज पश्चिम बंगाल की एक स्थापित संगीत विधा बन चुका है, जिसे बंगाल के सांस्कृतिक खजाने के रूप में देखा जाता है। विभिन्न विषयों से संबंधित रवींद्र संगीत पश्चिम बंगाल में बेहद लोकप्रिय है और इन गीतों ने सौंदर्यबोध को अलौकिक बनाया है। छोटा हो या बड़ा, अमीर हो या गरीब, गंगा का गरीब मल्लाह हो या अमीर जमींदार सभी को रवींद्र संगीत में अपनी भावना की अभिव्यक्ति मिलती है, इसीलिए यह बंगाल के जन-जन के रग-रग में रच-बस गया है। टैगोर के गीतों के सौंदर्य का ही असर था कि पश्चिम बंगाल ने सत्यजीत रे, ऋत्विक घटक, मृणाल सेन, नितिन बोस, कुमार शाहनी और तपन सिन्हा जैसे फिल्म निर्माता उसे अपनी फिल्मों का हिस्सा बनाने से लोभ सँवरण नहीं कर पाए। टैगोर की लोकप्रियता का अंदाजा इसी बात से लगाया जा सकता है कि उनके द्वारा लिखे गए दो गीत भारत और बांग्लादेश के राष्ट्रीय गान हैं। भारत में 'जन-गण-मन' गाया जाता है, तो बांग्लादेश ने उनके द्वारा रचित गीत 'आमार सोनार बांग्ला' को अपना राष्ट्रगान बनाया है।

पश्चिम बंगाल के लोकसंगीत 'बाउल' ने भक्तिभाव की लोक संस्कृति को अभिव्यक्ति दी है और लोगों को एक सूत्र में पिरोने का काम किया है। इस संगीत को पश्चिम बंगाल में राजकीय संगीत का दर्जा प्राप्त है; लेकिन यह दुर्भाग्य ही है कि यहाँ की सरकारों ने इसके प्रचार-प्रसार पर कोई ध्यान नहीं दिया, क्योंकि उनका ध्यान गोला-बारूद, बंदूक, बम और विरोधियों की हत्या में इस्तेमाल किए जानेवाले अन्य हथियारों को इकट्ठा करने पर केंद्रित रहा। 'बाउल' संगीत का इतिहास 500 वर्ष से भी ज्यादा पुराना रहा है। यह न सिर्फ संगीत की एक शैली है, बल्कि इसे एक धार्मिक, सामाजिक अभियान भी कहा जा सकता है। इसके संगीत में सिर्फ हिंदू रस ही नहीं मिलेगा, बल्कि सुनने पर इसमें सूफियाना अंदाज की भी झलक मिलती है।

बाउल संगीत में मुख्य साज के रूप में इकतारा का इस्तेमाल किया जाता है। इकतारे की आवाज के साथ इसके गायक डुग्गी, मंजीरा और खोल भी बजाते हैं। खोल वाद्य का बंगाल की संस्कृति में बेहद महत्त्वपूर्ण स्थान है। इस संगीत को आत्मसात् करनेवालों को बंगाल के समाज ने बाउल संप्रदाय का नाम दिया। उत्तर भारत में जोगी संप्रदाय की तरह पश्चिम बंगाल में भी हिंदू वैष्णव के साथ ही सूफी मुसलमान भी बाउल संस्कृति से जुड़े हुए हैं। इस दृष्टिकोण से देखा जाए तो बाउल संगीत ने पश्चिम बंगाल में सर्व धर्म समभाव और 'वसुधैव कुटुम्बकम्' की सनातन परंपरा को पुष्ट करने का काम किया है। लेकिन यह बेहद दुखद बात है कि आज पश्चिम बंगाल में लोगों को बाउल का पता भले ही न हो, लेकिन बारूद का नाम बच्चे-बच्चे की जुबान पर चढ़ता जा रहा है। इसके लिए सीधे तौर पर कांग्रेस-वामपंथी और ममता बनर्जी की सरकारों को ही जिम्मेदार ठहराया जाएगा, क्योंकि जनता ने इन्हें ही अपना रहनुमा बना रखा था।

प्राचीन संस्कृत साहित्य में भी पश्चिम बंगाल के बारे में पर्याप्त जानकारियाँ मिलती हैं। यहाँ का स्थानीय साहित्य 12वीं सदी से भी ज्यादा पुराना है। यहाँ के महान् कृष्ण भक्त संत चैतन्य महाप्रभु ने 15वीं सदी के उत्तरार्द्ध में अपनी कविताओं के माध्यम से सनातन धर्म की चेतना को स्पंदित किया। उनकी वजह से भी पश्चिम बंगाल में बहुत बड़ा बदलाव आया। बंगाल में रवींद्रनाथ टैगोर जैसे महान् कवि के उदय के पीछे भी कहीं-न-कहीं चैतन्य महाप्रभु की भी प्रेरणा रही है। बंगाल में धार्मिक और सांस्कृतिक गीतों को न सिर्फ गाने, बल्कि उन्हें पीढ़ियों तक सँभालकर रखने की भी परंपरा रही है। रवींद्र संगीत और बाउल की लोकप्रियता का अंदाजा इसी से लगाया जा सकता है कि आज ये गीत भारत के शास्त्रीय व पारंपरिक संगीत का हिस्सा बन चुके हैं। बंगाल में नाटक की भी समृद्ध परंपरा रही है। यहाँ के गाँवों और शहरों में बड़े पैमाने पर नाटक खेला जाता है। गाँवों में भी लोग समय-समय पर कविताएँ रचते रहे हैं और कविताओं के माध्यम से ही एक-दूसरे से वाद-विवाद की परंपरा को आगे बढ़ाते आए हैं।

पश्चिम बंगाल के फिल्म निर्माताओं की फिल्मों को न सिर्फ राष्ट्रीय, बल्कि अंतरराष्ट्रीय स्तर पर भी पहचान मिली है। गीतांजलि जैसे महान् साहित्य के निर्माता गुरुदेव रवींद्रनाथ टैगोर को इस रचना के लिए नोबल पुरस्कार से भी नवाजा गया। ऐसी समृद्ध परंपरा का वाहक रहा पश्चिम बंगाल, आज बारूद के ढेर पर क्यों बैठा हुआ है, इस सवाल को लेकर सिर्फ यहाँ की जनता ही नहीं, बल्कि पूरा देश उद्वेलित है।

वैसे देखा जाए तो पश्चिम बंगाल में आजादी के बाद हिंसा की शुरुआत वहाँ कांग्रेस की अक्षमता के कारण जड़ जमा चुके वामपंथी विचारधारा के कुछ लोगों ने की। 2019 का लोकसभा चुनाव पूरे देश में शांतिपूर्ण तरीके से संपन्न हुआ, लेकिन पश्चिम बंगाल इसका अपवाद रहा। सत्तारूढ़ ममता बनर्जी सरकार को जब यह लगने लगा कि भाजपा उनके जनाधार में सेंध लगाने में सफल हो रही है, तो उन्होंने समाज के हिंसक तत्त्वों का जमकर इस्तेमाल करने की रणनीति को जमीन पर उतार दिया। ममता ऐसा करती भी क्यों नहीं, थोड़ा पीछे जाएँ तो पता लगता है कि पश्चिम बंगाल में कांग्रेस के शासनकाल में मुख्यमंत्री रहे सिद्धार्थ शंकर रे के जमाने में इसकी

शुरुआत वामपंथियों ने कर दी थी। 70 के दशक में जब सी.पी.एम. राज्य की राजनीति में अपनी जड़ें जमा रही थी, तब और जब 90 के दशक के अंतिम सालों में ममता बनर्जी के नेतृत्व में तृणमूल कांग्रेस अपना जनाधार बढ़ाने की कोशिश कर रही थी, तब भी हिंसा का ही सहारा लिया गया। 70 के दशक में जब नक्सली बहुत मजबूत स्थिति में थे तो उस समय यहाँ के प्रतिष्ठित समाज ने भी उनका साथ दिया था, लेकिन नक्सलियों ने प्रख्यात समाज-सुधारक ईश्वर चंद विद्यासागर की मूर्ति को तोड़कर अपने पैरों पर ही कुल्हाड़ी मार ली। इस घटना का असर यह हुआ कि पश्चिम बंगाल में नक्सलवाद पूरी तरह अलग-थलग पड़ गया।

सन् 1960-70 के दशक में शुरू हुए नक्सल आंदोलन की हिंसा का अंदाजा इसी तथ्य से लगाया जा सकता है कि एक सरकारी आँकड़ों के अनुसार 1977 से 2007 तक राज्य में लगभग 28000 राजनीतिक हत्याएँ कराई गईं। इस दौर के बाद ममता के नेतृत्व में राज्य ने सिंगूर और नंदीग्राम आंदोलन की आड़ में हिंसा का नया रूप देखा। राष्ट्रीय अपराध रिकॉर्ड ब्यूरो के आँकड़ों पर नजर डालें तो पता चलता है कि अकेले 2016 में बंगाल में राजनीतिक हिंसा की कुल 91 घटनाएँ हुईं और किसी-न-किसी रूप में 205 लोग इसका शिकार बने। 2015 में इस तरह की कुल 131 घटनाएँ दर्ज की गई थीं, जिनमें कुल 184 लोगों को नुकसान पहुँचा था। इसी तरह 2013 की सियासी झड़पों में कुल 26 लोगों की जानें गई थीं। पश्चिम बंगाल में 2018 में हुए पंचायत चुनाव में हिंसा न हो इसके लिए प्रशासन ने सुरक्षा के व्यापक इंतजाम किए थे। इसके लिए पश्चिम बंगाल और पड़ोसी राज्यों से 60 हजार से अधिक सुरक्षाकर्मियों को तैनात किया गया था। इसके बावजूद उत्तर 24 परगना, दक्षिण 24 परगना, पूर्वी मिदनापुर, बर्दवान, नदिया, मुर्शिदाबाद और दक्षिणी दिनाजपुर में भाजपा कार्यकर्ताओं के साथ ममता बनर्जी के समर्थकों की हिंसक झड़पें हुईं। इस दौरान हुई हिंसा में एक दर्जन से अधिक लोग मारे गए और लगभग 43 लोग घायल हुए थे।

वर्ष 2019 के लोकसभा चुनाव के दौरान जब भाजपा अध्यक्ष अमित

शाह और उत्तर प्रदेश के मुख्यमंत्री योगी आदित्यनाथ ने राज्य में रैली करने का प्रयास किया तो ममता ने पहले तो उन्हें घुसने से रोका। इसके बाद जब उच्चतम न्यायालय के हस्तक्षेप से अमित शाह ने आखिरी चरण में रैली निकाली तो ममता के गुंडों ने उसमें जमकर हिंसा की। इतना ही नहीं, हिंसक वामपंथियों के पुराने इतिहास को दोहराते हुए ममता समर्थकों ने एक महाविद्यालय में घुसकर ईश्वरचंद विद्यासागर की मूर्ति को तोड़ डाला और इसका आरोप भाजपा पर डालने का प्रयास किया। जाहिर है इस कृत्य के पीछे उनकी यही मंशा थी कि जिस तरह से राज्य की जनता ने ईश्वरचंद विद्यासागर की मूर्ति तोड़ने के अपराध को अक्षम्य मानते हुए नक्सलियों को नकार दिया था, उसी तरह भाजपा को भी चुनाव में नकार दिया जाएगा। लेकिन चुनाव परिणाम सामने आए तो ममता के हाथों के तोते उड़ गए, क्योंकि चाल उलटी पड़ गई थी और जनता ने भाजपा की जगह ममता का असली नक्सली चेहरा देख लिया था। ममता को 12 लोकसभा सीटों से हाथ धोना पड़ा, हालाँकि वह अपना मत प्रतिशत बचाने में कामयाब रहीं। भाजपा ने शानदार प्रदर्शन करते हुए अपनी संख्या को 2 सीटों से बढ़ाकर 18 कर लिया। इतना ही नहीं, उसके मत प्रतिशत में भी 22 फीसदी का इजाफा हुआ। 2014 के आम चुनाव में भाजपा को पश्चिम बंगाल में लगभग 18 फीसदी वोट मिले थे, जबकि 2019 के चुनाव में 40.25 फीसदी वोट मिले। ये परिणाम इस बात का संकेतक हैं कि 2021 के राज्य में होनेवाले विधानसभा चुनाव में ममता बनर्जी को भाजपा से सीधी चुनौती मिलनेवाली है। ऐसा लग रहा है कि जिस तरह से विद्यासागर की खंडित मूर्ति ने राज्य से नक्सलियों का सफाया कर दिया, उसी तरह अब ममता बनर्जी की राजनीति के भी समापन का समय नजदीक आ गया है।

□

रोहिंग्या और आतंकी जेहादियों के साथ क्यों खड़े हैं ममता व उनके सहयोगी दल

वामपंथियों और तृणमूल कांग्रेस की राजनीति के कारण पश्चिम बंगाल की उर्वर जमीन में वर्षों से बाहरी लोग दीमक तरह घुसपैठ करने में जुटे हुए हैं। वैसे तो पश्चिम बंगाल में घुसपैठ का यह सिलसिला देश के बँटवारे के बाद से ही बदस्तूर जारी है, लेकिन वामदलों और तृणमूल कांग्रेस की स्वार्थपरक राजनीति ने इस समय राज्य को रोहिंग्या शरणार्थियों और राष्ट्रविरोधी जेहादी आतंकवादियों का अड्डा बनाकर रख दिया है।

मार्च 2018 के आरंभ में मीडिया में ऐसी खबरें आई थीं कि बांग्लादेश में शरणार्थी के तौर पर रह रहे रोहिंग्या मुसलमानों को पश्चिम बंगाल में बसाने की साजिश रची जा रही है। इस बारे में खुफिया एजेंसियों ने अपनी रिपोर्ट में भी केंद्र सरकार को अवगत कराया था। केंद्रीय गृह मंत्रालय को भेजी गई उनकी रिपोर्ट में बताया गया था कि लगभग 50 एजेंसियाँ और उनके एजेंट बेहद गोपनीय तरीके से नेपाल और बांग्लादेश में शरणार्थी के रूप में रह रहे रोहिंग्याओं को पश्चिम बंगाल के 24 परगना जिले में बसाने की कोशिश कर रहे हैं। रिपोर्ट के मुताबिक ये एजेंट इस काम के लिए 24 परगना के स्थानीय निवासियों से जमीन दान करने का आह्वान कर रहे थे और बड़े पैमाने पर धन भी इकट्ठा कर रहे थे।

तुष्टीकरण और वोटबैंक की राजनीति के चक्कर में राष्ट्रहित को भूल चुकी ममता बनर्जी सरकार का दुस्साहस इस कदर बढ़ गया है कि

पश्चिम बंगाल के बाल अधिकार आयोग ने रोहिंग्या शरणार्थियों को वापस म्याँमार भेजने के केंद्र सरकार के आदेश के खिलाफ 16 फरवरी, 2018 को उच्चतम न्यायालय में यह कहते हुए याचिका दायर की कि इस समूचे समुदाय को आतंकवादी नहीं कहा जा सकता। पश्चिम बंगाल राज्य बाल अधिकार संरक्षण आयोग ने यह याचिका दायर की है, जिसे न्यायालय ने केंद्र के आदेश को चुनौती देनेवाली दो रोहिंग्या मुसलिम शरणार्थियों की जनहित याचिका के साथ संलग्न कर लिया याचिका में केंद्र सरकार की उस अधिसूचना को चुनौती दी गई है, जिसमें सभी रोहिंग्याओं की पहचान करके उन्हें म्याँमार भेजने का आदेश दिया गया है। बाल अधिकार संरक्षण आयोग का तर्क है कि रोहिंग्याओं को सुनियोजित तरीके से यातना दी जा रही है और मारा जा रहा है। आयोग का कहना है कि पूरे समुदाय को आतंकवादी करार नहीं दिया जा सकता।

याचिका में कुतर्क दिया गया है कि संयुक्त राष्ट्र ने उन्हें दुनिया का सर्वाधिक उत्पीड़ित समुदाय बताया है। गौरतलब है कि इससे पहले गृह मंत्रालय ने शीर्ष अदालत में दायर अपने हलफनामे में रोहिंग्याओं को गैर-कानूनी शरणार्थी बताते हुए आरोप लगाया था कि इनमें से कुछ पाकिस्तानी खुफिया एजेंसी आई.एस.आई. के नापाक मंसूबों और अल कायदा, आई.एस.आई.एस. जैसे आतंकी समूहों का हिस्सा थे। हलफनामे में केंद्र सरकार ने कहा कि भारत में उनकी मौजूदगी राष्ट्र की सुरक्षा के लिए गंभीर खतरा है और देश के किसी भी हिस्से में रहने और बसने का मौलिक अधिकार रोहिंग्याओं को नहीं, बल्कि सिर्फ नागरिकों को प्राप्त है। इतना ही नहीं, गृहमंत्री राजनाथ सिंह ने स्पष्ट कहा है कि रोहिंग्या समुदाय के लोग अवैध प्रवासी हैं। वे उचित प्रक्रिया का पालन करने के बाद यहाँ नहीं आए हैं। वे भारत में शरण के लिए आवेदन करनेवाले शरणार्थी नहीं हैं। केंद्र सरकार का कहना है कि जब म्याँमार रोहिंग्या लोगों को वापस लेने के लिए तैयार है, तो कुछ लोग क्यों उन्हें वापस भेजे जाने पर आपत्ति जता रहे हैं। मालूम हो कि म्याँमार के रखाइन प्रांत में शुरू हुई हिंसा के बाद से अब तक चार लाख से

ज्यादा रोहिंग्या समुदाय के लोग बांग्लादेश में पलायन कर चुके हैं।

इसी मामले से जुड़ी वामपंथियों और ममता बनर्जी के परम शुभचिंतक प्रशांत भूषण द्वारा भारत से वापस म्याँमार भेजे जा रहे 7 रोहिंग्या घुसपैठियों को रोकने की याचिका को 4 अक्तूबर, 2018 को उच्चतम न्यायालय ने खारिज कर दिया। केंद्र सरकार के यह कहने पर कि म्याँमार इन रोहिंग्या घुसपैठियों को वापस लेने के लिए तैयार है, शीर्ष अदालत ने कहा कि फिर इस मुद्दे पर सुनवाई की कोई जरूरत नहीं है। भूषण ने न्यायालय से कहा कि रोहिंग्याओं के जीवन के अधिकार की रक्षा करने की अपनी जिम्मेदारी का अहसास होना चाहिए। इस पर प्रधान न्यायाधीश जस्टिस रंजन गोगोई ने सख्त लहजे में कहा कि हम जीवन के अधिकार के संबंध में अपनी जिम्मेदारी से पूरी तरह अवगत हैं और किसी को इसे याद दिलाने की जरूरत नहीं। गौर करनेवाली बात यह है कि ये सभी रोहिंग्या 2012 में भारत में घुसे थे और इन्हें विदेश अधिनियम के तहत दोषी पाया गया।

कौन नहीं जानता है कि ममता और वामपंथी ब्रिगेड दोनों ही चाहते हैं कि किसी भी तरह से रोहिंग्या घुसपैठिए भारत में रहें। उनकी मंशा है कि देश के नागरिकों का हक मारकर इन घुसपैठियों को भारत की नागरिकता दे दी जाए। अवैध बांग्लादेशी घुसपैठियों की समस्या को देश भुगत ही रहा है, इसलिए रोहिंग्या घुसपैठियों की नई समस्या को लेकर मोदी सरकार पहले से ही काफी सचेत है। अगर असम में 40 लाख अवैध बांग्लादेशी घुसपैठिए हो सकते हैं, तो पूरे देश में उनकी तादाद कितनी होगी, इसका अंदाजा लगाना बेहद कठिन है। अगर देश में बांग्लादेशी घुसपैठियों की समस्या से सचेत होकर मोदी सरकार ने म्याँमार से अवैध तरीके से भारत में घुस आए रोहिंग्याओं पर सख्त रवैया अपनाने का फैसला लिया है तो ममता-वामपंथी भले ही इसका विरोध करें, लेकिन देश का हर राष्ट्रभक्त इस मुद्दे पर केंद्र सरकार की नीतियों का समर्थन करेगा। पश्चिम बंगाल में राष्ट्रवादियों की इसी गोलबंदी ने ममता को अब उनके ही बुने जाल में फँसकर राजनीतिक हाराकीरी के रास्ते पर जाने को मजबूर किया है। सरकार ने अवैध तरीके से घुस आए रोहिंग्याओं को

देश से बाहर भेजने का यह कदम राष्ट्रहित में उठाया है, पश्चिम बंगाल में राष्ट्रवाद की जो अलख जगी है, उसके दूरगामी परिणाम होंगे। ममता को कांग्रेस और वाम दलों की तरह राष्ट्रहित की नहीं, अपने वोटबैंक के खिसकने की चिंता है, इसलिए वह अपने सभी क्रियाकलापों से रोहिंग्या घुसपैठियों के प्रति सहानुभूति प्रकट करती दिख रही हैं। ममता को लग रहा है कि इससे पश्चिम बंगाल में उनका मुसलिम वोटबैंक एकजुट रहेगा, लेकिन उनकी इस तुष्टीकरण की राजनीति अब अपनी अंतिम साँस गिन रही है।

बता दें कि म्याँमार से खदेड़े जाने पर लाखों की संख्या में रोहिंग्या लोगों ने पड़ोसी देशों की सीमाओं में घुसने का प्रयास किया था। उनका यह प्रयास भले ही मद्धिम पड़ गया हो, लेकिन भारत के खिलाफ रोहिंग्याओं की आड़ में जेहादी ताकतों और पाक खुफिया एजेंसी आई.एस.आई. की साजिशें अभी समाप्त नहीं हुई हैं। इसलिए भारत सरकार यह मानकर ही आगे की कार्यनीति तय करनी होगी कि रोहिंग्या भारत के लिए आनेवाले कई वर्षों तक खतरा बने रह सकते हैं। जरा विचार कीजिए, म्याँमार का कोई भी पड़ोसी देश भारत, इंडोनेशिया, थाईलैंड इन्हें शरण देने को तैयार नहीं है, लेकिन एक धर्म विशेष की बहुलतावाले कुछ एजेंट भारत के पश्चिम बंगाल, त्रिपुरा, जम्मू-कश्मीर

और असम में रोहिंग्या शरणार्थियों को बसाने में लगे हुए हैं। भारत सरकार सहित इन देशों का भी मानना है कि रोहिंग्या शरणार्थी देश की आंतरिक सुरक्षा व्यवस्था के लिए गंभीर खतरा साबित हो सकते हैं। इसके पीछे सरकार के कई ऐसे दावे हैं, जिनको खारिज नहीं किया जा सकता है।

दिल्ली, जम्मू, हैदराबाद और मेवात में आतंकियों से जुड़े रोहिंग्याओं की गिरफ्तारी चिंताजनक बात है। इन लोगों का कट्टर इसलाम से बेहद करीबी संबंध माना जाता है। रोहिंग्या को आतंक का प्रशिक्षण देनेवाले अलकायदा के एक 28 साल के आतंकी समीउन रहमान को सितंबर 2017 में दिल्ली से गिरफ्तार किया गया था। पुलिस की पूछताछ में पता चला कि रहमान मूल रूप से बँगलादेशी है, लेकिन उसने ब्रिटेन की नागरिकता ले रखी थी। अलकायदा का यह आतंकी भर्ती और प्रशिक्षण देने का काम करता था। इसकी योजना दिल्ली, मणिपुर और मिजोरम में बेस बनाकर रोहिंग्या शरणार्थियों की अलकायदा में भर्ती करना था। रहमान अलकायदा के टॉप कमांडर से सीधे संपर्क में था और उनके निर्देश पर काम कर रहा था। पुलिस की पूछताछ में उसने आतंकी साजिश के कई राज उगले थे। रहमान ने स्वीकार किया कि वह दिल्ली, बिहार, उत्तरी-पूर्वी कश्मीर और झारखंड के हजारीबाग में 12 रोहिंग्या शरणार्थियों के संपर्क में था।

म्याँमार सरकार रोहिंग्या को देश में आतंक फैलाने का दोषी मानती है, इसीलिए उन्हें बेरहमी से बाहर किया गया। दरअसल, रोहिंग्या मुसलमान मूल रूप से बांग्लादेश के रहनेवाले हैं और ये कई पीढ़ियों से म्याँमार में रह रहे थे। सन् 1962 से 2011 के सैनिक शासन के दौरान तो रोहिंग्या पर सरकार का अंकुश रहा, लोकतंत्र की व्यस्था लागू होने के बाद रोहिंग्या मुसलमान बौद्धों पर आतंकवादियों की तरह सुनियोजित हमला करने लगे। 'आबादी बढ़ाओ और गैर-मुसलिमों पर हमले करो' वाली कट्टर वहाबी सुन्नी इसलाम की विचारधारा में यह भी जेहाद का एक पवित्र हिस्सा है। रोहिंग्या को भारत के खिलाफ एक बड़ी सुनियोजित साजिश के तहत इसी लक्ष्य को ध्यान में रखकर इस्तेमाल करने का प्रयास किया जा रहा है। इस कुत्सित प्रयास में

ममता बनर्जी सीधे-सीधे दुश्मनों से मिली नजर आ रही हैं। सहज ही समझा जा सकता है कि जब म्याँमार में रोहिंग्या बौद्धों के लिए खतरा बन चुके हैं तो दूसरे देश में भी ये लोग यही काम करेंगे।

यहाँ गौर करनेवाली बात यह है कि रोहिंग्या शरणार्थी मुसलिम बहुल हैं और भारत के कुछ छद्म धर्मनिरपेक्षवादी, मौकापरस्त स्वार्थी राजनेता धर्म के नाम पर मुसलिम समाज के शिक्षित युवकों की सहायता से भारत में बसाने के लिए सुप्रीम कोर्ट तक पहुँच रहे हैं, लेकिन इनको यह नहीं दिख रहा है कि रोहिंग्याओं को 50 से ज्यादा मुसलिम देशों ने शरण देने से मना कर दिया। म्याँमार के पड़ोसी और मुसलिम देश होने के बावजूद मलेशिया और इंडोनेशिया जैसे देश भी इन्हें अपने यहाँ शरण नहीं देना चाहते, क्योंकि उन्हें आशंका है कि उनके देश में आकर रोहिंग्या कानून-व्यवस्था के लिए बहुत बड़ा खतरा बन सकते हैं। इन्हें शरण देनेवाले बांग्लादेश के लोग भी विरोध कर रहे हैं, क्योंकि उन्हें भी लग रहा है कि ये लोग भविष्य के खतरा बन सकते हैं। अधिकतर मुसलिम देश, जिनका निर्माण धर्म के आधार पर हुआ है, वे देश अगर अपने मुसलमान भाइयों को शरण देने के लिए तैयार नहीं है, तो ऐसे में ममता और वामदलों द्वारा उन्हें शरण देने की माँग के लिए अदालत तक पहुँचना राष्ट्रद्रोही कृत्य नहीं है तो और क्या है ? सितंबर 2018 में बीएसएफ के महानिदेशक के.के. शर्मा ने साफ कहा भी था कि ममता बनर्जी की सरकार रोहिंग्या घुसपैठियों के प्रति नरम रुख रखती है, जो देश के लिए गंभीर खतरा हैं। जाहिर है, ममता बनर्जी पश्चिम अपनी सत्ता को बरकरार रखने के लिए पश्चिम बंगाल में गरीबों के हक को मारकर घुसपैठियों और अलगाववादियों की शुभचिंतक बन गई हैं। ममता को जब अपने राज्य की जनता के हितों की ही चिंता नहीं है, तो उनसे राष्ट्रप्रेम की अपेक्षा करना बेमानी है। अब यह तथ्य बिल्कुल साफ हो गया है कि ममता बनर्जी की सरकार रोहिंग्या घुसपैठियों को लेकर केंद्र सरकार द्वारा जारी किए गए परामर्श को लेकर बिल्कुल गंभीर नहीं है। इसके पीछे सबसे प्रमुख कारण यह है कि ममता बनर्जी को यह भय सता रहा है कि अगर उन्होंने रोहिंग्या मुसलमानों को लेकर सख्त रुख अपनाया तो

राज्य का मुसलिम मतदाता उनसे दूर छिटक जाएगा। इनके अलावा कश्मीर के अलगावादी संगठन, हुर्रियत कॉन्फ्रेंस और कई अन्य कट्टरपंथी नेता रोहिंग्या का समर्थन कर रहे हैं। इस तरह के राजनीतिक मोड़ पर खड़ी ममता की पार्टी से आज पश्चिम बंगाल का मतदाता दूर हो रहा है तो मानकर चलिए कि इस सीमित स्वार्थपरक एजेंडे का अंत करीब आ गया है। रोहिंग्या को लेकर ममता सरकार के नरम रवैए के एक नहीं कई उदाहरण सामने आ चुके हैं। इनमें से कुछ घटनाक्रमों का जिक्र आगे किया गया है।

राज्य के दक्षिण 24 परगना जिले के बरुईपुर थाना क्षेत्र में एक गाँव है हरदा। जनवरी 2018 में मीडिया को पता चला कि इस गाँव में एक जमीन पर 16 अस्थायी कमरे बनाए गए। यहाँ पर म्याँमार के रखाइन प्रांत से आए 29 रोहिंग्या को बसाया गया। जब यह बात मीडिया के माध्यम से पूरे देश में फैली तो ममता बनर्जी सरकार ने यह कहते हुए अपना बचाव किया कि सभी रोहिंग्या आतंकी नहीं हैं। अगर उनके तर्क को भारत सरकार स्वीकार कर ले तो महज चंद वर्षों में समूचा पश्चिम बंगाल रोहिंग्याओं का गढ़ बन जाएगा और पाकिस्तान-बांग्लादेश के जेहादी आतंकी संगठनों का काम बड़ी आसानी से पूरा हो जाएगा। ममता बनर्जी सरकार का यही रवैया रहा तो वह दिन दूर नहीं जब पूरे राज्य में हिंदू अल्पसंख्यक बन जाएँगे। सुरक्षा एजेंसियों बार-बार कह रही हैं कि राज्य में म्याँमार के मुसलमानों की घुसपैठ बढ़ रही है, जो देश की सुरक्षा के लिए बड़े खतरे की बात है।

हरदा के शिविर के बारे में पता चला कि एक गैर-सरकारी सामाजिक संगठन 'देश बचाओ सामाजिक समिति' से जुड़े वहीं के एक व्यक्ति हुसैन गाजी की देखरेख में इसका संचालन किया जा रहा था। ये लोग रोहिंग्या की मदद की अपील करते हुए बाकायदा बैनर लगाकर रोहिंग्या के जनसंहार का विरोध करने और असहाय, बेघर शरणार्थियों की मदद के लिए उदारता से दान देने की अपील भी कर रहे थे। रोहिंग्या लोगों को राहत सामग्री देने की आड़ में हुसैन गाजी खुद बांग्लादेश गया था। गाजी ने खुद मीडिया के सामने अपनी इन गतिविधियों को स्वीकार किया। हालाँकि, उसके पास इस सवाल

का जवाब नहीं था कि शरणार्थी रोहिंग्या बांग्लादेश से सीमा पार कर भारत कैसे आए। इस बारे में उसका बस यही कहना था कि शिविर में रहनेवाले वयस्कों के पास वैध यू.एन.एच.सी.आर. कार्ड है और पुलिस को इस शिविर के बारे में जानकारी दी गई है।

स्थानीय पुलिस ने भी स्वीकार किया कि उसे इस शिविर के बारे में जानकारी है। पुलिस का भी यही कहना था कि यहाँ रहनेवाले लोगों के पास वैध यू.एन.एच.सी.आर. कार्ड हैं। ये लोग संयुक्त राष्ट्र द्वारा चिह्नित शरणार्थी हैं और इनके लिए किसी तरह के पासपोर्ट या वीजा की जरूरत नहीं है। गौरतलब है कि केंद्रीय गृह मंत्रालय द्वारा जारी एक परामर्श में सभी राज्यों से कहा गया है कि देश में अवैध तरीके से रहनेवाले सभी विदेशी लोगों की पहचान करें और उन्हें बाहर करें, क्योंकि वे न सिर्फ भारतीय नागरिकों का हक छीन रहे हैं, बल्कि देश की सुरक्षा के लिए गंभीर चुनौती भी पैदा कर रहे हैं। लेकिन ममता बनर्जी सरकार इसे लेकर गंभीर नहीं है। पुलिस की नाक के नीचे गाजी रोहिंग्याओं को बसा रहा है, उसने मीडिया के सामने यह बयान दिया है कि हमारी मुख्यमंत्री ममता बनर्जी ने खुलेआम घोषणा की है कि रोहिंग्या मुसलमान हमारे भाई हैं और वे यहाँ रह सकते हैं। यह देश और पश्चिम बंगाल के लिए बेहद दुर्भाग्यपूर्ण स्थिति है। इसमें जितना जल्द बदलाव हो, उतना ही अच्छा होगा।

एक नजर अब 15 अक्तूबर, 2018 की एक अन्य खबर पर। 24 परगना के ही हरदा शिविर में रह रहे लगभग 400 रोहिंग्या लोगों को जब यह लगने लगा कि केंद्र सरकार उन्हें पकड़कर देश से बाहर भेज सकती है, तो स्थानीय राष्ट्रविरोधी तत्त्वों के सहयोग से वे सब रातोरात गायब कर दिए गए। शिविर में सिर्फ तीन परिवारों के 12 लोग बचे रह गए थे। उस समय ऐसी आशंका जाहिर की गई कि संभवत: ये लोग भागकर हरियाणा और कश्मीर में छिप गए। दरअसल, उनके गायब होने के ठीक 15 दिन पहले तत्कालीन गृहमंत्री राजनाथ सिंह ने कहा था कि केंद्र ने पश्चिम बंगाल सरकार से कहा है कि राज्य में रोहिंग्याओं की पहचान करके उनके बायोमीट्रिक आँकड़े इकट्ठे किए जाएँ।

गृहमंत्री ने यह भी कहा था कि केंद्र सरकार इन रोहिंग्याओं के बायोमीट्रिक आँकड़ों को इकट्ठा करके राजनयिक संपर्कों के माध्यम से म्याँमार सरकार को देगी। इस घटनाक्रम को लेकर कई स्थानीय संगठन तो खुलकर रोहिंग्याओं के समर्थन में आ गए थे। जाहिर है, इन संगठनों के ऊपर अगर ममता बनर्जी का हाथ न होता तो क्या ये लोग केंद्र सरकार को चिढ़ानेवाली इस तरह की राष्ट्रविरोधी भाषा का इस्तेमाल करने की जुर्रत कर पाते? निश्चित रूप से कहा जा सकता है कि ये लोग ऐसा बिल्कुल नहीं कर पाते।

4 जुलाई, 2019 को पश्चिम बंगाल के मदरसों को लेकर देश के समाचार-पत्रों में एक बहुत बड़ा खुलासा होने की खबर प्रमुखता से सुर्खी बनी। केंद्र सरकार की एक रिपोर्ट में पता चला है कि जमात-उल-मुजाहिदीन के आतंकी राज्य में पूरी तरह से सक्रिय हो चुके हैं। ये लोग पश्चिम बंगाल के कुछ मदरसों में बारूदी साजिश रच रहे हैं और काफी तेजी से अपने आतंकी नेटवर्क का जाल फैला रहे हैं। जाहिर है यह संगठन इस राज्य में आतंकियों की फौज तैयार करने की साजिश में जुटा हुआ है और ममता बनर्जी की तुष्टीकरण की राजनीति ने उसके लिए खूनी खेल खेलने का पूरा मौका उपलब्ध करा दिया है।

पश्चिम बंगाल में आतंकी साजिश को लेकर यह सनसनीखेज खुलासा भी केंद्र सरकार की एक रिपोर्ट से हुआ है। लोकसभा में एक सवाल का जवाब देते हुए गृह राज्यमंत्री जी. किशन रेड्डी ने स्वीकार किया कि बांग्लादेश के आतंकी संगठन पश्चिम बंगाल के मदरसों का इस्तेमाल अपने नापाक इरादों के लिए कर रहे हैं। रिपोर्ट के मुताबिक पश्चिम बंगाल में आतंकी साजिश के पीछे बांग्लादेश का जमात-उल-मुजाहिदीन है। यह संगठन बंगाल के मदरसों का इस्तेमाल करके आतंकियों की भर्ती कर रहा है और आतंकी जिहाद के माध्यम से बांग्लादेश में शरिया राज लाना चाहता है। ममता की स्वार्थी राजनीति ने इन लोगों को पश्चिम बंगाल में फलने-फूलने के लिए जमीन भी उपलब्ध करा दी है। ममता की इस नीति का खामियाजा पूरे देश को भुगतना पड़ेगा, इसके लक्षण भी साफ नजर आ रहे हैं।

मालूम हो कि जुलाई 2016 में बांग्लादेश की राजधानी ढाका के एक कैफे में आतंकी हमला हुआ था, जिसके पीछे इसी आतंकी संगठन को जिम्मेदार बताया गया था। इतना ही नहीं, 2 अक्तूबर, 2014 को पश्चिम बंगाल के बर्धमान में जो धमाका हुआ था, उसके पीछे भी जमात-उल-मुजाहिदीन बांग्लादेश का ही हाथ पाया गया था। इस हमले में शामिल एक आतंकवादी की मौत हो गई थी, जिसकी शिनाख्त जमात-उल-मुजाहिदीन के शकील गाजी के रूप में हुई थी। इसी मामले में फरार चल रहे जमात-उल-मुजाहिदीन के संदिग्ध आतंकवादी हबीबुर्रहमान को 25 जून, 2019 को कर्नाटक के बेंगलुरु से गिरफ्तार किया गया। एन.आई.ए. ने उससे पूछताछ की और उसके द्वारा दी गई सूचना के आधार पर उत्तरी बेंगलुरु के सोलादेवानाहल्ली क्षेत्र में छापेमारी करके एक बड़ी आतंकी साजिश का पर्दाफाश करने का दावा किया। 9 जुलाई, 2019 को एन.आई.ए. ने एक बयान में बताया कि इस छापेमारी में 5 हथगोले, एक टाइमर डिवाइस, तीन इलेक्ट्रिक सर्किट, संदिग्ध विस्फोटक पदार्थ, आई.ई.डी. विस्फोटक रॉकेट जब्त किए गए। एन.आई.ए. के मुताबिक रॉकेट और आई.ई.डी. को टुकड़ों में बाँटकर छिपाया गया था। इन्हें भारत के विभिन्न इलाकों में व्यापक पैमाने पर आतंकी घटनाओं को अंजाम देने के इरादे से यहाँ छिपाया गया था।

तिहत्तरवें स्वतंत्रता दिवस के ठीक दो दिन पहले एन.आई.ए. ने मध्य प्रदेश के इंदौर में छिपे बर्धमान बम विस्फोट मामले के एक अन्य आरोपी जाहिरुल शेख उर्फ जाकिर पिता जूद अली शेख निवासी को गिरफ्तार किया। वह मूल रूप से पश्चिम बंगाल के नदिया जिले का रहनेवाला है। इस आतंकवादी तक पहुँचने के लिए एन.आई.ए. अधिकारियों को सब्जी तक बेचनी पड़ी। वह पेंटर और मजदूर के रूप में अपनी पहचान छिपाकर और नाम बदलकर आसपास के इलाकों में काम कर रहा था। वह एक मकान में किराए पर रह रहा था और मकान-मालिक ने उसके बारे में कोई जानकारी नहीं दी थी। मिली जानकारी के आधार पर एन.आई.ए. अधिकारियों ने इंदौर की कोहिनूर कॉलोनी इलाके में सब्जी बेचकर रेकी की और शेख के ठिकाने

की पुष्टि हो जाने के बाद पुलिस की मदद से उसे गिरफ्तार कर लिया। जाहिरुल शेख जमात-उल-मुजाहिद (जे.एम.बी.) मॉड्यूल का सक्रिय सदस्य है और वह तीन लाख रुपए के इनामी मोहम्मद रिजाउल करीम का करीबी है। वह अक्तूबर 2014 में खगड़ागढ़ (बर्धमान) में हुए बम विस्फोट में शामिल था, जिसमें जे.एम.बी. के दो आतंकी भी मारे गए थे। शेख को आतंकियों को विस्फोटक और हथियारों का प्रशिक्षण देने में महारत हासिल है। वह ट्रेनिग कैंप और बम बनाने का प्रशिक्षण ले चुका है।

जाहिर है, ममता बनर्जी की राष्ट्रविरोधी राजनीति के कारण इस संगठन के आतंकियों को सिर्फ पश्चिम बंगाल ही नहीं, बल्कि देश के अन्य गैर-भाजपा शासित राज्यों में बड़ी आसानी से छिपकर रहने की सुरक्षित जगह उपलब्ध हो जा रही है। क्या ममता और उनके सहयोगी दलों को इस बात का पता नहीं है कि यह संगठन देश में लोकतांत्रिक व्यवस्था को तहस-नहस करके अफगानिस्तान की तालिबानी व्यवस्था और आई.एस.आई.एस. की कट्टर इसलामी विचारधारा पर आधारित शरिया शासन व्यवस्था लागू करने के लिए जेहाद कर रहा है। ममता और उनके सहयोगी राजनीतिक दलों के

नाकारापन के कारण देश में अवैध तरीके से चोरी-छिपे रह रहे ये घुसपैठिए, आतंकी स्थानीय कानून व्यवस्था के लिए भी बहुत बड़ा खतरा बन चुके हैं। एन.आई.ए. की पूछताछ में रहमान और उसके साथियों ने स्वीकार किया है कि आतंकी घटनाओं के लिए धन इकट्ठा करने के इरादे से इन लोगों ने बेंगलुरु में 2018 में कई डकैतियों को भी अंजाम दिया था।

इसके अलावा 19 जनवरी, 2018 में बिहार के बोधगया में हुए बम विस्फोट के तार भी इसी आतंकी संगठन से जुड़े होने के सबूत मिले हैं। इसमें शक की कोई गुंजाइश नहीं है कि अब जमात-उल-मुजाहिदीन बांग्लादेश के निशाने पर हिंदुस्तान भी आ चुका है। यह आतंकी समूह अब भारत में पैर पसारना चाहता है। सुरक्षा एजेंसियों द्वारा केंद्र सरकार को दी गई सूचनाओं और मीडिया में आई खबरों से पता चलता है कि इस काम के लिए जमात-उल-मुजाहिदीन के लोग पश्चिम बंगाल के बर्धमान, मुर्शिदाबाद, मालदा और नदिया के मदरसों और मसजिदों का इस्तेमाल कर आतंकियों की भर्ती कर रहे हैं।

गृह मंत्रालय की रिपोर्ट के मुताबिक इस आतंकी संगठन ने भारत-बांग्लादेश सीमा पर कई आतंकी शिविर बना लिये हैं। शक है कि इन शिविरों में लश्कर-ए-तोयबा के आतंकी भी मौजूद हैं। सबसे अधिक चिंताजनक बात यह है कि यह खतरनाक आतंकी संगठन पश्चिम बंगाल के साथ-साथ असम, त्रिपुरा और दक्षिण भारत में भी अपना नेटवर्क फैलाने की कोशिश कर रहा है। पश्चिम बंगाल के सीमावर्ती जिलों में जमात-उल-मुजाहिदीन के स्लीपर सेल सक्रिय हैं। फरवरी 2018 में मुर्शिदाबाद में इस संगठन का एक ऑपरेटिव पकड़ा गया था। इससे पहले स्थानीय पुलिस भी इसी संगठन के कई आतंकियों को गिरफ्तार कर चुकी है। इसके बावजूद मुख्यमंत्री ममता बनर्जी ने इनकी गतिविधियों पर अपनी आँख बंद कर रखी है। इसके पीछे ममता को भय है कि अगर उन्होंने जमात-उल-मुजाहिदीन के खिलाफ कड़ी काररवाई की तो उनका मुसलिम वोटबैंक हाथ से फिसल जाएगा।

ममता बनर्जी सरकार की स्वार्थपरक व राष्ट्रविरोधी वोटबैंक की राजनीति के कारण बांग्लादेश का आतंकी संगठन जमात-उल-मुजाहिदीन

बांग्लादेश (जे.एम.बी.) पश्चिम बंगाल में खुलेआम इनसानियत के नाम पर अपनी जेहादी और आतंकी गतिविधियों को अंजाम दे रहा है। यह हाल तब है, जब केंद्र सरकार ने जे.एम.बी. और इससे जुड़े संगठनों को आतंकी संगठन के रूप में अधिसूचित किया हुआ है। ममता बनर्जी की सरकार संघवाद की भावना को रद्दी की टोकरी में फेंककर अपनी राजनीति को येन-केन-प्रकारेण बचाने में जुटी हुई है। उसे न तो देश और न ही राज्य के भविष्य की कोई चिंता है। ममता का 'माँ-माटी और मानुष' का नारा अब राज्य की जनता को साफ-साफ समझ में आ रहा है। घुसपैठिए भी मानुष हैं। ये लोग पश्चिम बंगाल पर बोझ बन रहे हैं, कोई बात नहीं, अपने ही मानुष हैं। यही लोग बाद में वोटबैंक बन जाएँगे।

जे.एम.बी. बांग्लादेश का एक कट्टर इसलामी आतंकवादी गिरोह है। पिछले दशक में इसने बांग्लादेश में कई बड़े हमले किए थे। 29 मार्च, 2007 में इस गिरोह के चार आतंकवादियों को अलग-अलग आतंकवादी काररवाइयों के लिए फाँसी दी गई थी। थोड़े समय की निष्क्रियता के बाद अब यह गिरोह दोबारा ताकतवर हो रहा है। इसे कट्टरपंथी इसलामी देशों और संगठनों से वित्तीय सहायता मिलती है। 2015 में बांग्लादेश में पाकिस्तानी उच्चायोग के दो अधिकारियों मजहर खान और फरीना अरशद को जे.एम.बी. को फंड मुहैया कराते रँगे हाथ पकड़ा गया था। पश्चिम बंगाल में इस संगठन की बढ़ी आतंकी गतिविधियाँ साफ इशारा कर रही हैं कि आने वाला समय पश्चिम बंगाल के लिए खून-खराबे से भरा होगा और इसके लिए सिर्फ ममता बनर्जी की मुसलिम तुष्टीकरण की राजनीति ही जिम्मेदार होगी।

जून 2019 के तीसरे सप्ताह में एक खबर आई थी कि पश्चिम बंगाल पुलिस ने बांग्लादेश के इसी प्रतिबंधित आतंकवादी संगठन के चार संदिग्ध आतंकवादियों को गिरफ्तार किया। कोलकाता पुलिस की स्पेशल टास्क फोर्स ने गोपनीय सूचना के आधार पर जमात-उल-मुजाहिदीन बांग्लादेश के चार सक्रिय सदस्यों को सियालदह और हावड़ा स्टेशन के पास से गिरफ्तार किया। संदिग्ध आतंकवादियों के नाम मोहम्मद जियाउर्रहमान उर्फ

मोहसिन उर्फ जहीर अब्बास, मामोनुर रशीद, मोहम्मद शाहीन आलम उर्फ अलामीन और रबीउल इसलाम थे। इनकी उम्र 23 से 44 वर्ष के भीतर थी। पूछताछ में पता चला कि ये सभी बांग्लादेश के विभिन्न शहरों के रहनेवाले थे। कोलकाता पुलिस के संयुक्त पुलिस आयुक्त (एस.टी.एफ.) शुभंकर सिन्हा सरकार के मुताबिक गुप्त जानकारी के आधार पर सोमवार रात को सियालदह स्टेशन के निकट से मोहम्मद जिया-उर-रहमान और मामोनुर रशीद को गिरफ्तार किया गया। दोनों से पूछताछ के बाद पता चला कि उनके दो अन्य साथी हावड़ा स्टेशन पर उनका इंतजार कर रहे हैं। चारों एक साथ मिलकर अपनी अगली रणनीति तय करनेवाले थे। ये लोग आई.एस. के लिए फंड जुटाने में लगे थे। इस जानकारी के आधार पर जल्द ही हावड़ा स्टेशन के पास से मोहम्मद शाहीन आलम उर्फ अलामीन और रबी-उल-इसलाम को भी गिरफ्तार कर लिया गया। शुरुआती पूछताछ में इन संदिग्ध आतंकियों ने बताया कि बांग्लादेश से भागकर ये कोलकाता आकर छिपे थे। जे.एम.बी. के अलावा आई.एस. (इसलामिक स्टेट) आतंकी संगठन से जुड़ने के बाद से यहाँ आतंकी फंडिंग और संगठन को मजबूत करने के लिए युवाओं को जोड़ने में ये लोग जुटे थे।

नरेंद्र मोदी सरकार ने केंद्र की सत्ता में आने के बाद जब वर्ष 2018 में अवैध घुसपैठ पर आतंकवाद पर प्रभावी लगाम लगाने के इरादे एन.आर.सी., यानी राष्ट्रीय नागरिक रजिस्टर का मसौदा देश के सामने पेश किया तो ममता बनर्जी ही नहीं, बल्कि सभी छद्म धर्मनिरपेक्ष दलों ने वोटबैंक की राजनीति के कारण इसका पुरजोर तरीके से विरोध किया। इस रिपोर्ट के जारी होने के तुरंत बाद बांग्लादेशी घुसपैठियों से सहानुभति रखनेवाले नेताओं ने छद्म धर्मनिरपेक्षता का रुदन-गान शुरू कर दिया। चुनावों में बांग्लादेशी घुसपैठियों का वोट बटोरनेवाली पार्टियाँ इनके खुले समर्थन में आ गईं और केंद्र की मोदी सरकार के ऊपर मुसलिम विरोधी होने का आरोप लगाने लगीं।

पश्चिम बंगाल और पूर्वोत्तर के राज्यों, विशेषकर असम में घुसपैठ

की समस्या को समझने के लिए हमें थोड़ा पीछे चलना होगा। 1971 में पाकिस्तान की सेना ने पूर्वी पाकिस्तान में उठ रहे अलग बांग्लादेश की माँग को कुचलने के लिए बड़े पैमाने पर कत्लेआम शुरू किया। महज चंद दिनों में ही लगभग लाखों बंगालियों की निर्मम हत्या कर दी गई और उनकी महिलाओं के साथ बलात्कार किया गया। पाकिस्तानी सेना के पागलपन से बचने के लिए बड़ी संख्या में बंगाली भाषा बोलनेवाले लाखों लोगों ने भारत में शरण ली। बांग्लादेश की स्थापना के बाद भी इन शरणार्थियों ने भारत में ही डेरा जमाए रखा और कुछ वर्षों के बाद ये लोग देश की राष्ट्रीय अखंडता के लिए चुनौती के रूप में उभरने लगे। इससे पहले पश्चिम बंगाल में कई बांग्लादेशी घुसपैठियों के तार प्रतिबंधित इसलामिक संगठन 'हूजी' से जुड़े होने के मामले भी सामने आ चुके हैं। भारत सरकार के सीमा प्रबंधन कार्यबल की वर्ष 2000 की रिपोर्ट के अनुसार देश में 1.5 करोड़ बांग्लादेशी घुसपैठ कर चुके हैं और लगभग तीन लाख प्रतिवर्ष घुसपैठ कर रहे हैं। हाल के अनुमान के मुताबिक देश में 4 करोड़ घुसपैठिए मौजूद हैं, जिसमें से एक बड़ा हिस्सा पश्चिम बंगाल में है।

उक्त तथ्यों को जानने और समझने के बाद यही कहा जा सकता है कि पश्चिम बंगाल की सरकारों ने वोटबैंक की राजनीति को साधने के लिए घुसपैठ की समस्या से आँखें मूँदकर इसको विकराल रूप देने का काम किया। तीन दशकों तक राज्य की राजनीति को चलानेवालों ने अपनी व्यक्तिगत राजनीतिक महत्त्वाकांक्षा के कारण देश और राज्य को बारूद की ढेर पर बैठने को मजबूर कर दिया। ममता बनर्जी की राजनीति को देखें तो साफ पता चलता है कि वह रोहिंग्याओं और जेहादी आतंकवादियों को लेकर केंद्र सरकार की जीरो टॉलरेंस की नीति को लेकर कतई गंभीर नहीं हैं। वह अपनी सत्ता को किसी भी तरह से बचाने के इरादे से बांग्लादेशी घुसपैठियों के दम पर राष्ट्रविरोधी, आतंकवादी जेहादी ताकतों को खुली छूट दे रही हैं।

□

उतर गया ममता के क्रूर चेहरे का नकाब

कट मनी के खेल में पिस गई बंगाल की जनता

जिस तरह से ममता बनर्जी ने पश्चिम बंगाल की सत्ता से वामपंथियों को उखाड़ने के लिए उनके सिद्धांतों को अपना हथियार बनाया, उसी तरह उन्होंने सत्ता में आने के बाद गरीबों की सेवा के एवज में अपने नेताओं और कार्यकर्ताओं के सहारे कमाई के अवैध तरीके को भी अपनाया। राज्य में वामदलों की सरकार के जमाने में कट मनी की परंपरा शुरू हुई थी। ज्योति बसु और बुद्धदेव भट्टाचार्य की सरकार के जमाने में वामपंथी कार्यकर्ताओं पर कट मनी लेने के आरोप लगते थे। जाहिर है, उस समय राज्य में विपक्षी दल के नेता के तौर पर तृणमूल कांग्रेस की ममता बनर्जी भी यह आरोप लगाती थीं।

राज्य की सत्ता मिलने के बाद ममता के कार्यकर्ताओं ने इस परंपरा को जारी रखा। दरअसल, इसके पीछे एक प्रमुख कारण यह रहा कि जब वामपंथी कार्यकर्ताओं को लगने लगा कि उनकी सरकार जानेवाली है और ममता बनर्जी राज्य की सत्ता से उनको बेदखल करके खुद काबिज होंगी, तो वे तृणमूल कांग्रेस के कार्यकर्ता बन गए। ममता ने पश्चिम बंगाल में वामपंथियों द्वारा गरीब जनता के काम के नाम पर की जा रही इस अवैध कमाईवाली भ्रष्टाचारी व्यवस्था को जानबूझकर जारी रखा। इससे उनके दो हित सधे। एक तो वामपंथी गुंडों के सहारे शांतिप्रिय मध्यम वर्ग और गरीब जनता को प्रभावित करके जमीनी स्तर पर उन्होंने राजनीतिक जमीन का दायरा बढ़ाया और इसे मजबूत किया तथा दूसरा यह कि ममता को पार्टी चलाने के

लिए इसी कट मनी के हिस्से के तौर पर नियमित रूप से धन मिलता रहा।

ममता और उनकी पार्टी द्वारा देश के गरीबों को लूटने का यह मुद्दा 2019 के लोकसभा चुनावों में भाजपा ने जोर-शोर से उठाया था। प्रधानमंत्री नरेंद्र मोदी ने ममता के इस खेल का जिक्र करते हुए पश्चिम बंगाल की चुनावी सभाओं में लोगों को बताया कि ममता दीदी ने राज्य में ट्रिपल टी टैक्स लगा रखा है। ट्रिपल टी यानी 'तृणमूल-तोलबाजी-टैक्स।' प्रधानमंत्री ने कहा कि ममता वामपंथियों के रास्ते पर चल रही हैं और लोकतंत्र को नष्ट करना चाहती हैं। उन्हें पता होना चाहिए कि यह तरीका वामपंथियों के काम नहीं आया और अब भी यह काम नहीं आनेवाला है। पश्चिम बंगाल की कई चुनावी सभाओं में मोदी ने पश्चिम बंगाल की जनता को यह भी बताया कि राज्य में बुनियादी ढाँचे के विकास से जुड़ी 90 हजार करोड़ रुपए की परियोजनाओं को केंद्र सरकार ने मंजूरी दे रखी है, लेकिन टी.एम.सी. सरकार इन्हें लागू करने में कोई रुचि नहीं ले रही है, क्योंकि उसे सिंडिकेट के लिए इसमें हिस्सेदारी चाहिए। टी.एम.सी. बिना मलाई खाए राज्य में केंद्र की किसी भी परियोजना को लागू होने नहीं दे रही है। इस तरह प्रधानमंत्री ने पश्चिम बंगाल में ममता की काली कमाई के गंदे खेल से पूरे देश और दुनिया को अवगत कराया। प्रधानमंत्री ने लोगों को अपने अंदाज में बताया कि स्कूलों और कॉलेजों में प्रवेश से लेकर शिक्षण संस्थानों में नौकरी और अन्य कामों के लिए लोगों को ट्रिपल टी टैक्स देना पड़ता है। इसी संदर्भ में प्रधानमंत्री ने जगाई-मधाई सिंडिकेट राज का उल्लेख किया। परिणाम यह हुआ कि पश्चिम बंगाल में ममता के कुशासन से त्रस्त जनता ने लोकसभा चुनाव में ममता की राजनीतिक जमीन को खिसकाकर भाजपा के हवाले कर दिया।

प्रधानमंत्री मोदी राज्य की जनता को यह समझाने में पूरी तरह सफल रहे कि माँ-माटी और मानुष के नाम पर कम्युनिस्टों से मुक्ति की आकांक्षा में उन्होंने जिसको सत्ता सौंपी है, वह उन्हें ही लूट रही हैं। ममता सिर्फ कहने के लिए दीदी के रूप में सत्ता सुख भोग रही हैं, उनकी सरकार को वास्तव में जगाई-मधाई सिंडिकेट ही चला रहा है। प्रधानमंत्री के जगाई-मधाईवाले

उदाहरण से राज्य की जनता ने ममता के काले खेल को अच्छी तरह से समझा और लोकसभा चुनावों में ममता को सबक सिखा दिया। आप सोच रहे होंगे कि ये जगाई–मधाई कौन हैं।

बता दें कि जगाई और मधाई सगे भाई थे। जन्म बंगाल के कुलीन ब्राह्मण परिवार में हुआ था, लेकिन वे पथभ्रष्ट होकर लोगों को प्रताड़ित करते थे। एक बार चैतन्य महाप्रभु के एक शिष्य नित्यानंद प्रभु ने उन दोनों को समझाने और सही रास्ते पर जीवन जीने की सलाह देने की कोशिश की तो उन्होंने उनको भी प्रताड़ित किया। बंगाल के लोकमानस में यह कथा प्रसिद्ध है कि जब चैतन्य महाप्रभु को इस घटना की जानकारी मिली तो उन्होंने अपने अवतार को भुलाकर तुरंत सुदर्शन रूप धारण कर लिया। उनके इस रूप को देखकर दोनों भाई बुरी तरह भयभीत हो गए। नित्यानंद प्रभु के निवेदन पर चैतन्य महाप्रभु ने उन्हें क्षमादान दिया। यह देखकर दोनों भाइयों का हृदय परिवर्तन हुआ और अपनी सारी बुराइयों का परित्याग करके उन्होंने चैतन्य महाप्रभु की शरण ले ली।

हम बात कर रहे हैं पश्चिम बंगाल में चलाए जा रहे ममता के भ्रष्ट खेल कट मनी की। यह कट मनी एक तरह का कमीशन है, जो पूरी तरह अवैध है। पश्चिम बंगाल में पंचायतों में मुखिया, नगर पार्षद व विधायक जैसे टी.एम.सी. के नेता व कार्यकर्ता सरकारी कार्यों का हर काम कराने के एवज में लाभार्थी से यह कट मनी लेते हैं। इन लोगों ने हर काम कराने का रेट तय कर रखा है। ममता बनर्जी की सरकार के लिए इससे अधिक शर्मिंदगी की बात और क्या हो सकती है कि अंतिम संस्कार में सहायता के लिए भी 200 रुपए की कट मनी ली जाती है। मनरेगा में मजदूरी करके 190 रुपए प्रतिदिन कमानेवाले गरीब मजदूरों की खून–पसीना बहाकर अर्जित की कई कमाई से भी टी.एम.सी. कार्यकर्ता 20 से 40 रुपए की कट मनी ले लेते हैं। यह है ममता के निर्मम शासन का काला सत्य। बंगाल का बच्चा–बच्चा बता देगा कि ममता के गुंडे किस तरह से राज्य की गरीब जनता का खून चूस रहे हैं। उज्ज्वला गैस कनेक्शन दिलाने के लिए 600 रुपए, प्रधानमंत्री आवास योजना

के 25 हजार रुपए का कट मनी लिया जाता है।

भाजपा के जन-जागरण के कारण सरकारी योजनाओं में लाभार्थियों से कट मनी यानी कमीशन लेने को लेकर अब पश्चिम बंगाल में खूब बवाल मचा है। राज्य की जनता के सामने ममता के क्रूर चेहरे का नकाब अब उतर गया है, तो उनके खिलाफ ग्रामीण व शहरी दोनों इलाकों में जबरदस्त जनाक्रोश देखने को मिल रहा है। ऐसा साफ दिख रहा कि आने वाले समय में यह आक्रोश काफी अधिक बढ़ेगा और विधानसभा चुनाव में लोग इसका हिसाब-किताब चुकता कर देंगे। कट मनी लेनेवाले टी.एम.सी. नेताओं व जनप्रतिनिधियों के खिलाफ हर दिन विरोध-प्रदर्शन हो रहे हैं। लोग सड़कों पर उतर रहे हैं। सत्तारूढ़ दल तृणमूल कांग्रेस के नेताओं व जनप्रतिनिधियों का घेराव हो रहा है।

चूँकि प्रधानमंत्री आवास योजना में मोटी कट मनी मिलती है, इसलिए इस योजना के तहत लोगों को आवास दिलाने के एवज में कट मनी लेने का सबसे अधिक आरोप लग रहा है। राज्य भर में लोगों को घर बनाने के लिए मिलने वाली धनराशि में भारी कमीशनखोरी होने की बातें सामने आ चुकी हैं। कई ऐसे मामले भी सामने आए हैं, जहाँ दूसरे व्यक्ति को रुपए दिए गए, जबकि कुछ जगहों पर जिन्हें रुपए मिले हैं, उनसे कम से कम 50

प्रतिशत तक की धनराशि जनप्रतिनिधियों ने ली है। यहाँ तक कि पंचायत, नगरपालिका और अन्य निकायों के जनप्रतिनिधियों और अधिकारियों ने भी उन लोगों से कट मनी ली है, जिन्हें आवास योजना का लाभ मिला है। जाहिर है, केंद्र द्वारा चलाई जा रही आम जनता और गरीबों के लिए चलाई जा रही लोक कल्याणकारी योजनाओं की कट मनी से टी.एम.सी. के कार्यकर्ता, नेता और ममता बनर्जी, नीचे से लेकर ऊपर तक सभी ने खुलेआम पैसा बनाया। यही कारण है कि जिस केंद्रीय योजना से कोई कट मनी नहीं मिलता है, ममता बनर्जी उसे राज्य में लागू ही नहीं होने देती हैं। ममता बनर्जी सरकार द्वारा बेशर्मी से की जा रही गरीबों की इस लूट के खिलाफ जब आवाज उठी और राज्य भर में इसके विरुद्ध व्यापक विरोध प्रदर्शन होने लगे तो आवास योजना का पूरा काम बंद कर दिया गया। राज्य पंचायत विभाग ने वित्त वर्ष 2019-20 के बीत चुके तीन माह में एक भी आवास तैयार करने की अनुमति नहीं दी।

ममता सरकार के इशारे पर ही पंचायत विभाग ने राज्य भर के विभिन्न निकायों को यह निर्देश दे दिया कि जब तक कट मनी के खिलाफ शिकायतें और आंदोलन थम नहीं जाते, तब तक आवास योजना पर काम नहीं होगा। पंचायत विभाग के मुताबिक वित्त वर्ष 2018-19 में राज्य सरकार ने पाँच लाख 86 हजार मकानों का निर्माण करने का लक्ष्य तय किया था। इसके लिए 7,144 करोड़ रुपए आवंटित किए गए थे। वित्त वर्ष की समाप्ति तक राज्य सरकार ने पाँच लाख 11 हजार मकान का निर्माण पूरा किया जाना था। गौरतलब है कि वित्त वर्ष 2019-20 में पूरे देश में 60 लाख आवास तैयार करने का लक्ष्य तय किया गया है। बंगाल को आठ लाख आवास तैयार करने हैं, लेकिन जब राज्य के पंचायत विभाग ने कट मनी को लेकर मचे चौतरफा बवाल के कारण इस योजना का काम ही बंद रखने का निर्देश दे दिया है तो यह तय है कि ममता के रहते इस लक्ष्य को कतई हासिल नहीं किया जा सकता है।

गौर करनेवाली बात यह है कि जब से कट मनी को लेकर राज्य में

विरोध-प्रदर्शनों की शुरुआत हुई है, तब से पंचायत विभाग ने ममता के इशारे पर ग्राम सभाओं को भी रद्द कर दिया है। अगर मुख्यमंत्री की कुरसी पर काबिज ममता बनर्जी गरीबों को मकान देना चाहें तो पंचायत विभाग इसमें अड़ंगा लगाने की हिमाकत कतई नहीं कर सकता है। एक अदद सरकारी मकान की आस लिये गरीबों की चिंता ममता को बिल्कुल नहीं है। स्पष्ट है, उनके ही इशारे पर पंचायत विभाग ने प्रधानमंत्री आवास योजना को रोक रखा है। जब तक ग्राम सभा की बैठकें नहीं होंगी, तब तक लाभार्थियों की सूची नहीं बनेगी। ऐसे में अब यह योजना कब चालू होगी, इस बारे में फिलहाल ममता बनर्जी को छोड़कर किसी को कुछ भी पता नहीं है।

भाजपा के जनजागरण अभियान के बाद कई टी.एम.सी. नेताओं पर किसी सरकारी मंजूरी देने के एवज में भी 'कट मनी' लेने के आरोप आए दिन उजागर हो रहे हैं। राज्य में मुख्यमंत्री ममता बनर्जी के नेतृत्व में स्वार्थपरक एवं भ्रष्ट राजनीति को खूब खाद-पानी मिल रहा है। ममता के नेता व कार्यकर्ता सेवा के नाम पर गरीबों का खून चूसकर मेवा खा रहे हैं। ममता सरकार के प्रति जनता की घोर निराशा और हताशा अब आक्रोश के रूप में सड़कों पर दिख रही है। हालात इतने खराब हो रहे हैं कि आक्रोशित लोग अब कानून अपने हाथ में लेने को मजबूर हो रहे हैं। हाल ही में नॉर्थ 24 परगना में एक टी.एम.सी. नेता के घर पर लोगों ने हमला कर दिया। इस नेता पर कट मनी वसूलने के आरोप लगते रहे हैं।

लोकसभा चुनावों में मिली करारी शिकस्त के बाद ममता बनर्जी इस निष्कर्ष पर पहुँचीं कि कट मनी की वजह से पार्टी को जनता का आक्रोश झेलना पड़ा। इसीलिए जून, 2019 के तीसरे सप्ताह में उन्होंने आदेश दिया कि नेता और कार्यकर्ता जनता से लिये गए कट मनी को वापस करें। उन्होंने चेतावनी दी कि जो सरकारी योजनाओं में या किसी अन्य तरह के भ्रष्टाचार में शामिल हैं, उन्हें जेल भेजा जाएगा। इसके बाद राज्य के बीरभूम जिले में तृणमूल कांग्रेस के एक स्थानीय नेता ने सरकारी योजनाओं के 100 से अधिक लाभार्थियों को करीब 2.25 लाख रुपए लौटा दिए और माफी भी माँग ली।

इतना ही नहीं, कट मनी से जुड़े ममता के एक मंत्री की कट मनी का मामला अदालत तक पहुँच गया है। कलकत्ता उच्च न्यायालय ने कट मनी के एक मामले की सुनवाई करते हुए पश्चिम बंगाल के खाद्य मंत्री ज्योतिप्रिय मलिक, उनके सहायक, एक निगम पार्षद और राज्य सरकार से जवाब तलब है। यह पहला मौका है जब 'कट मनी' में किसी मंत्री का नाम सामने आया है।

ममता की इस दिखावटी चेतावनी के खोखले मर्म को उनके पुराने समर्थकों को समझने में देर नहीं लगी। कभी ममता के समर्थक रहे बंगाली पॉप सिंगर नचिकेता ने ममता के इस कट मनी पर एक गाना सोशल मीडिया पर खूब वायरल हुआ। गाने में उन लोगों को चेतावनी दी गई है कि जो लोग कट मनी ले रहे हैं, उन्हें अब जनता के गुस्से का समना करने के लिए तैयार रहना चाहिए। गाने में यह भी कहा गया है कि जो लोग आतंकित थे, वे अब जवाब माँग रहे हैं। बता दें कि नचिकेता ने वर्ष 2011 के विधानसभा चुनाव में ममता बनर्जी का खुलकर समर्थन किया था। गाने में किसी पार्टी या नेता का प्रत्यक्ष तौर पर कोई जिक्र नहीं किया गया है, लेकिन इसमें दादा और दीदी मोनी का जिक्र है। जाहिर है, लोग ममता को दीदी नाम से भी जानते हैं।

नचिकेता ने गाना गाकर ममता के दोगलेपन के प्रति अपनी भड़ास को निकाला तो कभी तृणमूल कांग्रेस में रहे और वर्तमान में भाजपा सांसद सौमित्र खान ने तो संसद् में कट मनी का मुद्दा उठाते हुए कहा कि राज्य में 2011 से मुख्यमंत्री और उनके परिवार ने कितना पैसा लिया है, उसकी जाँच कराई जानी चाहिए। भाजपा सांसद लॉकेट चटर्जी ने भी संसद् में यह मुद्दा उठाते हुए कहा कि पश्चिम बंगाल में जन्म से लेकर मृत्यु तक हर जगह कट मनी ली जाती है। थोड़ा गौर से विचार करें तो यही दिखता है कि ममता ने जो कट मनी वापस देने का निर्देश दिया है, उससे साबित होता है कि उन्हें इन सब गलत कामों की पूरी जानकारी थी, लेकिन उन्होंने अपने पार्टी कार्यकर्ताओं को फलने-फूलने देने के लिए जनता को पिसने दिया।

पश्चिम बंगाल में अगले साल स्थानीय निकाय के चुनाव होनेवाले हैं, जबकि 2021 में विधानसभा चुनाव। लोकसभा चुनाव में जनता ने ममता

बनर्जी को ट्रेलर भी दिखा दिया है। 2019 के लोकसभा चुनावों में जब राज्य से तृणमूल कांग्रेस की राजनीतिक जमीन खिसककर भाजपा के पास चली गई तो ममता बनर्जी को एहसास हुआ कि इस कट मनी ने उनके राजनीतिक खेल को बिगाड़ने में बहुत बड़ी भूमिका अदा की है। ममता और उनके समर्थक लाख इनकार करें, लेकिन वास्तविकता यही है कि लोकसभा चुनाव के परिणामों ने ही छद्म सफेदपोश ममता बनर्जी को कट मनी की काली कमाई से दूरी बनाने को मजबूर किया।

जाहिर है, अब ममता बनर्जी राज्य में फैलती असंतोष एवं आक्रोश की आग को जल्द ठंडा करना चाहती हैं। इसीलिए पार्टी कार्यकर्ताओं को ममता ने अब निर्देश दे दिया है कि उन्होंने जिस-जिस से कट मनी की वसूली की है, उसे वे फौरन वापस करें। बढ़ते जनाक्रोश को रोकने और अपनी डूबती राजनीति को बचाने के इरादे से ममता ने दिखावे के लिए यह भी तय किया है कि सरकारी योजनाओं के लाभार्थियों से 'कट मनी' लेनेवाले निर्वाचित जनप्रतिनिधियों और सरकारी अधिकारियों को अब भारतीय दंड संहिता की धारा 409 के तहत आरोपी बनाया जाएगा, जो कि लोकसेवक, बैंकर, एजेंट द्वारा किए जानेवाले आपराधिक विश्वास हनन से संबंधित है। इस कानून के तहत दोषी ठहराए जानेवाले व्यक्ति को आजीवन कारावास की सजा या

जुरमाने के अलावा 10 वर्ष तक के कारावास की सजा हो सकती है। ममता के इस बदले रुख और बढ़े जनाक्रोश के कारण तृणमूल कांग्रेस के कुछ निर्वाचित प्रतिनिधियों ने 'कट मनी' वापस भी की है।

इसमें कोई दो राय नहीं कि पश्चिम बंगाल की गरीब जनता को वहाँ के ममता के नेतृत्व में सत्तारूढ़ नेताओं ने लूटने का काम किया है। क्या राज्य सरकार इस बात का जवाब देगी कि उसने जनप्रतिधियों द्वारा लोगों से कट मनी वसूलने के बारे में शिकायतें प्राप्त करने के लिए पूर्व में जो शिकायत इकाई शुरू की थी और जो टोल नंबर और इ-मेल शुरू किया था, उस पर कितनी शिकायतें आईं और उन पर क्या काररवाई हुई। क्यों मुख्यमंत्री कट मनी मामलों की जाँच के लिए एक स्वतंत्र आयोग बनाने की माँग को नहीं मान रही हैं। इससे तो तो यही लग रहा है कि ममता बनर्जी का कट मनी को लेकर अपने नेताओं के विरुद्ध जारी किया गया फरमान महज एक दिखावा है। कट मनी बंद हो गई तो ममता की आय का स्रोत भी सूख जाएगा और जब आय नहीं मिलेगी, तो सूखी सेवा वह कर नहीं सकती हैं, क्योंकि उनके पीछे आपराधिक पृष्ठभूमिवाले धन-पशु की प्रवृत्तिवाले नवधनिक पूँजीपतियों का जो सिंडिकेट खड़ा है, उसका खेल भी समाप्त हो जाएगा। ममता के सत्ता में रहने तक कट मनी का खेल जारी रहने की पूरी संभावना है, भले ही इसका नाम बदल जाए, खेल तब तक जारी रहेगा, जब तक कि पश्चिम बंगाल की जनता ममता बनर्जी को राज्य की सत्ता से बाहर नहीं कर देती है।

□

वामपंथियों और कांग्रेस के बीच सत्ता-संघर्ष का घिनौना रूप है पुरुलिया हथियार कांड

पश्चिम बंगाल में कांग्रेस के समर्थन का दायरा क्यों सिमट गया, इसे वहाँ की राजनीति में वामपंथ और आनंदमार्गियों के बीच हुए टकराव, मोरारजी भाई देसाई की ऑस्ट्रेलिया में हत्या की कोशिश और वर्ष 1995 में घटित हुए पुरुलिया हथियार कांड के सहारे आसानी से समझा जा सकता है।

कांग्रेस ने यहाँ पर राष्ट्रवादी ताकतों को सत्ता से बाहर रखने के लिए उधार की विचारधारावाले वामपंथियों को फलने-फूलने का मौका दिया तो उन्होंने सत्ता पर अपनी पकड़ को काफी मजबूत कर लिया। इसकी वजह से कांग्रेस को वहाँ पर राजनीति की एक नई धारा बहाने की जरूरत पड़ी। इस काम के लिए कांग्रेस ने आनंदमार्गियों का इस्तेमाल किया।

आनंद मार्ग वही संगठन है, जिसका नाम पुरुलिया में हथियार गिराए जाने के मामले में आया है। 1995 में एक विदेशी हवाई जहाज से पुरुलिया में जो हथियार गिराए गए थे वे इसी संगठन के लिए थे। हालाँकि इस मामले के एक अभियुक्त किम डेवी का कहना है कि इसके पीछे केंद्र की कांग्रेस सरकार थी। इंदिरा गांधी से लेकर नरसिम्हा राव तक आनंदमार्गियों की करतूतों में कांग्रेस की भूमिका हमेशा ही संदेह के घेरे में रही है। पहले एक नजर आनंद मार्ग के संस्थापक और उनकी विचारधारा पर डाल लें तो तथ्यों

के साथ पश्चिम बंगाल में वामपंथियों और कांग्रेस के बीच जनहित को किनारे करके सत्ता के लिए हुए गंदे राजनीतिक संघर्ष को समझने में आसानी होगी।

आजाद भारत के इतिहास में कांग्रेस-वामपंथ संघर्ष की कहानी काफी रोचक है। घटनाक्रम इशारा करते हैं कि आनंदमार्गियों को केंद्र की सत्ता पर काबिज इंदिरा गांधी के इशारे पर पश्चिम बंगाल में बढ़ाने का प्रयास किया गया। इसके पीछे कांग्रेस की वही सोच काम कर रही थी कि जिस तरह से राष्ट्रवादी विचारधारा को वाम विचारधारा से दबाया गया, उसी तरह आनंद मार्ग की विचारधारा के सहारे वामपंथी विचारधारा को दबाकर किसी भी तरह से राज्य की सत्ता को हासिल किया जाए। विचारधाराओं को कांग्रेस ने हमेशा सत्ता की सीढ़ी के रूप में इस्तेमाल किया है। सत्ता के लिए समझौता करके कांग्रेस ने देश को टुकड़े में बाँटना भी स्वीकार किया है। विदेशी खुफिया एजेंसियों के साथ कांग्रेस की साँठ-गाँठ के कई किस्से देश की राजनीतिक फिजा में तैर रहे हैं। इन किस्सों को जाँच के नाम पर लीपा-पोती करके रहस्य के परदे में इस तरह से लपेट दिया गया है कि प्रत्यक्ष रूप से सबूतों के साथ आरोप लगाना बेहद मुश्किल काम है।

बहरहाल, हम पश्चिम बंगाल में कांग्रेस व वामपंथियों के सत्ता-संघर्ष को समझने के लिए एक बार फिर से लौटते हैं आनंदमार्गियों की तरफ। आनंदमार्गियों की विचारधारा और उनके द्वारा गैर-कांग्रेसी दलों व नेताओं के खिलाफ किया गया आतंकी कृत्य कांग्रेस के ऊपर लगनेवाले गंभीर आरोपों को पूरी तरह पुष्ट करते नजर आते हैं। 'आनंद मार्ग प्रचारक संघ' की स्थापना 1955 में प्रभात रंजन सरकार ने की थी। अपने अनुयायियों के बीच प्रभात रंजन दावा करते थे कि उनके दिखाए रास्ते पर चलकर आत्मा की मुक्ति संभव है। उन्होंने विभिन्न विषयों पर पुस्तकें लिखीं। वे अपने शिष्यों के बीच 'श्रीश्री आनंदमूर्ति' के नाम से जाने जाते थे।

श्रीश्री आनंदमूर्ति उर्फ प्रभात रंजन सरकार 1921 में तत्कालीन बिहार व उड़ीसा प्रांत मुंगेर जिले के जमालपुर में पैदा हुए थे और बाद में यहीं के रेल कारखाने में एक कर्मचारी के तौर पर काम करते थे। उन्होंने यहीं पर आनंद

मार्ग की स्थापना की थी। तंत्र व योग के सहारे यह संगठन आत्मोद्धार, मानव सेवा और प्रत्येक व्यक्ति की शारीरिक, मानसिक और अध्यात्मिक जरूरतों को पूरा करता था।

आनंदमूर्ति ने तंत्र और योग के सहारे जब अपनी तरफ कुछ लोगों को आकर्षित व समर्पित करने में सफलता हासिल कर ली तो उन्होंने विज्ञान, साम्यवाद और पूँजीवाद के ताल-मेल से एक वैकल्पिक व्यवस्था का झुनझुना बंगाल के बीच बजाना शुरू कर दिया। कांग्रेस ने इस नई वैचारिक हवा को पश्चिम बंगाल में अपनी खोई राजनीतिक जमीन हासिल करने के लिए एक कारगर हथियार के रूप में इस्तेमाल करने में कोई कोर-कसर बाकी नहीं रखी। आननंदमार्गी विचारधारा के लोग खुद को प्रगतिशील बताते थे। नास्तिक विचारधारा के पोषक वामपंथियों की सरकार के सामने एक ईश्वर में विश्वास करनेवाले इस संगठन को पड़ोस के पश्चिम बंगाल में फलने-फूलने का पर्याप्त माहौल मिला।

काँटे से काँटा निकालने की नीति पर चलते हुए इंदिरा गांधी ने आनंदमार्गियों को भरपूर शह दी। बंगाल में 1967 में कम्युनिस्ट क्रांतिकारियों को साथ लेकर चारू मजुमदार और कानू सान्याल ने नक्सलवादी आंदोलन की शुरुआत की थी। यह वह दौर था, जब कांग्रेस और वामपंथियों ने समाज की सनातन परंपरा को ध्वस्त करने की एक सोची-समझी रणनीति के तहत

उसे वैचारिक आधार पर बाँटने के लिए जी-तोड़ प्रयास शुरू कर दिया था। बंगाल के समाज का बड़ा हिस्सा पूँजीवादी और वामपंथी विचारधारा के बीच बहस में उलझा हुआ था। इसी दौर में कांग्रेस की शह पाकर प्रभात रंजन ने अपने संगठन के जरिए प्राउट, यानी प्रोग्रेसिव यूटिलाइजेशन सिद्धांत का प्रचार-प्रसार शुरू कर दिया। यह सिद्धांत वामपंथ और पूँजीवाद दोनों का विरोध करता था। इस संगठन का लक्ष्य जमीनी स्तर पर सामाजिक-आर्थिक लोकतंत्र की स्थापना करना बन गया। आनंद मार्ग के मुखिया ने इसे 'नव-मानवतावाद' कहकर प्रचारित किया।

आनंदमार्गियों ने 13 फरवरी, 1978 को ऑस्ट्रेलिया के शहर सिडनी के हिल्टन होटल के बाहर बम विस्फोट किया था। गौर करनेवाली बात यह है कि इस होटल में राष्ट्रमंडल देशों के प्रमुख ठहरे हुए थे। इनमें इंदिरा गांधी के नेतृत्ववाली कांग्रेस को दिल्ली की सत्ता से महज एक साल पहले हटाने वाले भारत के प्रधानमंत्री मोराराजी देसाई भी शामिल थे। इस घटना में भारत के इसी कथित सामाजिक-आध्यात्मिक संगठन का नाम सामने आया था।

ऑस्ट्रेलिया प्रशासन ने इस हमले को अंजाम देने के आरोप में टिम एंडरसन और इवान पेडेरिक नाम के जिन दो व्यक्तियों को हिरासत में लिया था, वे दोनों इसी संगठन के सदस्य थे। वे भारत के प्रधानमंत्री की हत्या करना चाहते थे। यह सब काम किसके इशारे पर हो रहा था, सहज ही समझा जा सकता है, लेकिन ठोस सबूत के अभाव में या सत्ता के दबाव में इसे परिस्थितिजन्य सबूतों के अलावा किसी अन्य सबूत के सहारे पुष्ट कर पाना बेहद मुश्किल है।

यह तथ्य सर्वविदित है कि 1989 में आनंद मार्ग के सदस्य इवान पेडेरिक ने दावा किया था कि उसने टिम एंडरसन के कहने पर यह धमाका किया था। 1991 में उसे साक्ष्यों के अभाव में छोड़ दिया गया। आरोपों से बरी होने के बाद उसने सार्वजनिक रूप से कहा था कि वह शायद अनोखा व्यक्ति होगा, जो अपना गुनाह साबित करने में विफल रहा।

ऑस्ट्रेलिया में आज भी जब किसी आतंकवादी घटना का जिक्र होता

है तो सन् 1978 की इस घटना का जिक्र अवश्य किया जाता है, क्योंकि उस देश में यह सबसे पहला आतंकवादी हमला था। इस घटना के बाद आनंद मार्ग संगठन अंतरराष्ट्रीय स्तर पर चर्चा में आ गया था; लेकिन इस घटना के लगभग एक दशक पहले ही यह संगठन पश्चिम बंगाल की सामाजिक-राजनीतिक मुख्यधारा में शामिल होकर एक बड़ी ताकत बन चुका था। इसी के साथ आनंद मार्ग से कई तरह के विवाद भी जुड़ने लगे।

कांग्रेस के इशारे पर काम कर रहा यह संगठन मार्क्सवादी कम्युनिस्ट पार्टी यानी सी.पी.एम. का कट्टर विरोधी था। माकपा कार्यकर्ताओं और आनंदमार्गियों के बीच बंगाल में आए दिन झड़पें होती रहती थीं। इनके बीच सीधे टकराव की पहली बड़ी घटना सन् 1967 में उस समय हुई, जब पुरुलिया में आनंद मार्ग के अंतरराष्ट्रीय मुख्यालय पर हमला हुआ, जिसमें पाँच संन्यासी मारे गए थे। माना जाता है कि हमले के पीछे सी.पी.एम. कार्यकर्ताओं का हाथ था। दरअसल पश्चिम बंगाल की माकपा के नेतृत्ववाली सरकार कांग्रेस की गंदी जनविरोधी सत्तालोलुप राजनीति को समझ चुकी था। माकपा का साफ-साफ मानना था कि आनंदमार्गियों की राजनीतिक महत्त्वाकांक्षाएँ हैं। जाहिर है आनंद मार्गी वहाँ की सरकार के लिए राजनीतिक चुनौती पेश करने की तरफ तेजी से बढ़ रहे थे। इसलिए समय बीतने के साथ इनके बीच टकराव और बढ़ता गया।

आनंदमार्गी विचारधारा के लोग कहीं कांग्रेस के लिए वामपंथियों की तरह नासूर न बन जाएँ, इसलिए कांग्रेस ने उनकी भी लगाम कसने का काम किया। कांग्रेस इस मोहरे को वजीर बनने नहीं देना चाहती थी। संभवत: इसी वजह से 1971 में संगठन के मुखिया प्रभात रंजन सरकार पर आरोप लगा कि उन्होंने अपने एक अनुयायी की हत्या करवाई है। इस आरोप में उन्हें पटना की जेल में कैद कर दिया गया। इसके बाद हुई कई घटनाओं में आनंद मार्ग का नाम आने लगा और उसकी छवि एक आतंकवादी संगठन की बन गई। प्रभात रंजन सरकार को जेल में डालने का यह असर हुआ कि उनके अनुयायियों का आक्रोश भड़क गया। आक्रोशित अनुयायियों का भी इस्तेमाल केंद्र की

कांग्रेस सरकार ने अपने राजनीतिक दुश्मन को निबटाने के लिए किया। अगर सही तरीके से जाँच हो जाए तो ऑस्ट्रेलिया के सिडनी में होटलवाली घटना में मोरारजी भाई देसाई की हत्या के प्रयास के षड्यंत्र के पीछे उसी दल का नाम आएगा, जिसने देश का विभाजन स्वीकार किया, जिसने उधार की वामपंथी विचारधारावाले तत्त्वों को खाद-पानी देकर पाला-पोसा और जिसने वर्तमान में पश्चिम बंगाल की गरीब जनता का खून चूस रही ममता बनर्जी जैसे नेताओं को राजनीति का ककहरा सिखाया।

1978 में ऑस्ट्रेलिया में आतंकी हमले के एक वर्ष के भीतर ही वर्ष 1979 में प्रभात रंजन जेल से रिहा हो गए। आनंद मार्ग के सदस्यों ने खुद को संगठन के कामकाज तक ही सीमित कर लिया। दो वर्ष तक आनंद मार्ग का नाम किसी विवाद में नहीं आया, लेकिन अचानक 1982 में यह संगठन फिर से राष्ट्रीय स्तर की खबर बन गया। इस बार आनंद मार्ग के सदस्यों ने कहीं हमला नहीं किया था, बल्कि उसके संन्यासियों का सरेआम कत्ल किया गया था। 30 अप्रैल, 1982 को दक्षिण कलकत्ता के बिजॉन सेतु पर एक भीड़ ने 17 आनंदमार्गियों को पीट-पीटकर आग के हवाले कर दिया। इन संन्यासियों में एक साध्वी भी शामिल थी। उस समय बंगाल में तब वामपंथियों की सरकार थी और सी.पी.एम. के ज्योति बसु मुख्यमंत्री थे। 1982 के हत्याकांड पर ज्योतिबसु का कहना था कि भीड़ ने आनंदमार्गियों को बच्चों का अपहरण

करनेवाला समझकर मार डाला, जबकि संगठन का दावा था कि इस हमले के पीछे सीधे तौर पर सी.पी.एम. कार्यकर्ताओं का हाथ है। जब यह विवाद बढ़ने लगा तो आखिरकार राज्य सरकार ने एक जाँच आयोग का गठन कर दिया, लेकिन इसकी जाँच कभी पूरी नहीं हो पाई। राज्य सी.आई.डी. ने भी इस मामले की जाँच की, लेकिन वह भी किसी नतीजे पर नहीं पहुँची। ऐसा क्यों हुआ, कोई भी सहज बुद्धिवाला आदमी समझ सकता है। आनंदमार्गी लंबे अरसे से इस हत्याकांड की जाँच की माँग कर रहे थे, लेकिन बंगाल की वामपंथी सरकार ने कभी उनकी माँग को लगातार खारिज किया।

वर्ष 2011 में राज्य की सत्ता में आने के बाद ममता बनर्जी ने इस मामले की जाँच के लिए अमिताव लाला की अध्यक्षता में फिर से एक आयोग का गठन किया। यह न्यायिक आयोग था। आयोग ने कई लोगों की गवाही ली। हत्याकांड के कुछ दिन पहले घटनास्थल के पास ही सी.पी.एम. के कुछ वरिष्ठ नेताओं की एक बैठक हुई थी। इसमें आनंदमार्गियों की संभावित योजनाओं पर चर्चा की गई थी। कलकत्ता में आनंद मार्ग के 17 संन्यासियों की दिन-दहाड़े हुई हत्या के दोषी कौन थे, यह आज तक पता नहीं चल पाया है।

अब आते हैं वर्ष 1990 के दशक में कांग्रेस की संदिग्ध भूमिका के साथ आनंदमार्गियों के उस दुस्साहसी खेल की तरफ, जिसने एक बार फिर से भारत और समूची दुनिया में सनसनी फैला दी थी। 18 दिसंबर, 1995 को पश्चिम बंगाल के पुरुलिया जिले के किसान जब अपने-अपने खेतों में काम करने के लिए गए तो उन्हें भारी-भरकम बक्से मिले। बक्सों को खोला तो उन्हें आधुनिक हथियारों का एक बहुत बड़ा जखीरा मिला। इस जखीरे में 300 एके-47 रायफलें, पिस्तौल, एंटी टैंक आर्टिलरी गोले, रॉकेट लॉन्चर और तकरीबन 2 लाख 50 हजार राउंड गोलियाँ मिलीं। ये हथियार इतनी अधिक संख्या में थे कि अगर किसी एक व्यक्ति के हाथ लगे होते तो वह छोटी-मोटी सेना बनाकर भारी नरसंहार करने में सक्षम होता। आजादी के बाद देश के आंतरिक सुरक्षा के इतिहास में यह पहली और बहुत बड़ी सुरक्षा चूक थी। इन हथियारों को विदेशी विमान से गिराया गया था।

सबसे गंभीर बात यह थी कि जिस दिन यानी 17-18 दिसंबर, 1995 की दरम्यानी रात में इन हथियारों के साथ विमान को भारत की सीमा में प्रवेश करना था, उस दिन कुछ समय के लिए भारत के कई महत्त्वपूर्ण रडारों को मरम्मत के लिए बंद कर दिया गया था। सोचनेवाली बात यह भी है कि इस बारे में ब्रिटेन की खुफिया एजेंसियों ने भारतीय खुफिया एजेंसियों को पहले ही जानकारी दे दी थी; लेकिन केंद्रीय खुफिया एजेंसियों ने इसे पश्चिम बंगाल सरकार को सही समय पर नहीं पहुँचाया। जब इस बात का पता लगा तो तत्कालीन नरसिंह राव सरकार की भूमिका पर सवाल उठने लगे थे। इस मामले की सी.बी.आई. जाँच हुई। घटना के मास्टर माइंड किम डेवी को छोड़कर सभी आरोपियों को आजीवन कारावास की सजा हुई।

जनवरी 2017 में अपने यूरोप दौरे के समय प्रधानमंत्री नरेंद्र मोदी ने डेनमार्क से आग्रह किया था कि वह पुरुलिया मामले के प्रमुख आरोपी नील्स होक उर्फ किम डेवी को भारत के हवाले कर दे। इसके पंद्रह महीने बाद 17 अप्रैल, 2018 को भी स्वीडन में नॉर्डिक देशों की एक बैठक में हिस्सा लेने गए प्रधानमंत्री मोदी ने डेनमार्क के प्रधानमंत्री के समक्ष किम डेवी के प्रत्यर्पण का मुद्दा दोबारा उठाया था। मोदी के इस आग्रह पर वहाँ के प्रधानमंत्री ने सकारात्मक जवाब दिया था, लेकिन अभी तक किम डेवी का प्रत्यर्पण भारत सरकार के लिए एक सपना बना हुआ है। इससे पहले भी सरकार ने उसे भारत लाने का प्रयास किया था और 2011 में वहाँ की सरकार किम डेवी के प्रत्यर्पण के लिए तैयार भी हो गई थी, लेकिन डेनमार्क की अदालत ने इसकी मंजूरी नहीं दी।

जिस विमान से इन हथियारों को गिराया गया था, वह रूस का पुराना एक मालवाहक विमान एंटोनोव एन-26 था, जिसे बुल्गारिया से खरीदा गया था। 17 जनवरी, 1995 की रात यह विमान बुल्गारिया से उड़ान भरकर तुर्की, ईरान और पाकिस्तान के कराची से होते हुए उत्तर प्रदेश के वाराणसी पहुँचा और वहाँ से फिर कोलकाता की तरफ बढ़ा, जहाँ से पुरुलिया जिले के झालड़ा, घटंगा, बेलामू और मरामू गाँवों में इस विमान से हथियारों से भरे

बक्सों को गिराया गया। विमान में 5 लात्वियाइयों के साथ ब्रिटिश सौदागर पीटर ब्लीच बैठा हुआ था।

इन हथियारों को किसके लिए गिराया गया था, यह बात अभी भी एक बहुत बड़ा रहस्य है। अगर इस घटना का पर्दाफाश हुआ तो आनंदमार्गियों के कंधे पर बंदूक रखकर कांग्रेस और वामदलों के बीच सत्ता के लिए पश्चिम बंगाल में खेले जा रहे खूनी खेल का पर्दाफाश भी हो जाएगा, इसमें कोई शक नहीं है।

□

अलगाववाद की पोषक हैं ममता

पश्चिम बंगाल की मुख्यमंत्री ममता बनर्जी ने अगर राज्य में कुछ समय और शासन किया तो रवींद्रनाथ टैगोर, बिपिनचंद्र पाल, देशबंधु चितरंजनदास और श्यामा प्रसाद मुखर्जी जैसे राष्ट्रवादी महापुरुषों की यह जमीन जल्द ही अलगाववादियों का गढ़ बन जाएगी।

देश के मस्तक पर नासूर की तरह वर्षों से पीड़ा दे रही जम्मू-कश्मीर समस्या के समाधान के लिए केंद्र सरकार ने धारा 370 को समाप्त करने का जो ऐतिहासिक फैसला लिया, उसमें तृणमूल कांग्रेस के नेताओं की अलगाववादी भूमिका इस आशंका को बल देती है। इससे पहले वर्ष 2011 में तीस्ता नदी जल बँटवारे को लेकर बांग्लादेश की राजधानी ढाका में ममता बनर्जी ने राष्ट्रहित को रद्दी की टोकरी में फेंकते हुए जिस तरह से भारत के तत्कालीन प्रधानमंत्री डॉ. मनमोहन सिंह का अपमान कराया था, वह केंद्र सरकार को उनकी अलगाववादी विचाराधारा की पहली सलामी था।

पहले बात करते हैं, 5 और 6 अगस्त, 2019 को संसद् से पारित कराए गए मोदी सरकार द्वारा धारा 370 को रद्द करने वाले संवैधानिक संकल्प और राज्य को दो हिस्सों में विभाजित करके केंद्र शासित प्रदेश बनाने के विधेयक पर तृणमूल कांग्रेस के रवैए की। 5 अगस्त, 2019 को जब मोदी सरकार ने राज्यसभा में धारा 370 को समाप्त करने और राज्य को बाँटकर दो केंद्र शासित प्रदेश में बदलने का संकल्प व विधेयक पेश किया तो तृणमूल कांग्रेस ने अपनी नेता ममता बनर्जी के रवैए के अनुरूप काम किया। उच्च सदन में

तृणमूल कांग्रेस के नेता डेरेक ओ-ब्रायन ने सरकार के इस कदम का जिस तरह से विरोध किया, उससे पूरे देश में यही संदेश गया कि यह राजनीतिक दल अलगाववादियों और आतंकवादियों के समर्थन में खड़ा है।

डेरेक ओ-ब्रायन ने इस दिन को देश के संसदीय लोकतंत्र के इतिहास का सबसे काला दिन बताया। विधेयक को पेश किए जाने के तौर-तरीकों पर सवाल उठाते हुए ओ-ब्रायन ने कहा कि मोदी सरकार संसद् का मजाक बना रही है। वह यहीं नहीं रुके और आरोप लगाया कि मोदी सरकार ने बड़े आसानी से देश के संविधान को भुला दिया और इसे कचरे की टोकरी में फेंक दिया। डेरेक ओ-ब्रायन के बयान को समझकर हम तृणमूल कांग्रेस की भावी राजनीति और पश्चिम बंगाल के भविष्य पर मँडरा रहे संकट को आसानी से समझ सकते हैं। जम्मू-कश्मीर को लेकर राष्ट्रीय भावना की घोर अनदेखी करते हुए उन्होंने आरोप लगाया कि आज जब जम्मू-कश्मीर में राष्ट्रपति शासन लगा हुआ है और वहाँ की विधानसभा भंग है, तो ऐसे समय में मोदी सरकार इस राज्य को दो हिस्सों में बाँटने जा रही है। इसी तरह का काम वह भविष्य में पश्चिम बंगाल, ओडिशा, तेलंगाना, तमिलनाडु, बिहार और उत्तर प्रदेश में भी कर सकती है। धारा 370 हटने से तृणमूल कांग्रेस की तिलमिलाहट को डेरेक ओ-ब्रायन ने जिस तरीके से पेश किया, वह समस्त राष्ट्रवादी लोगों के लिए गहरी चिंता का विषय है। उन्होंने देश के नौजवानों और विद्यार्थियों का आह्वान किया कि वे संविधान की धारा 370 को पढ़े और विचार करें कि भाजपा ने आज उनके साथ क्या किया है।

इतना ही नहीं, उन्होंने सरकार के समर्थन में आए कई विपक्षी राजनीतिक दलों के नेताओं का भी आह्वान किया कि वे धारा 370 समाप्त करने का विरोध करें। विशेष रूप से उन्हें आम आदमी पार्टी से काफी उम्मीद थी। ब्रायन ने सदन में आप के नेता को याद दिलाया कि अभी कुछ दिन पहले ही आपकी पार्टी दिल्ली को पूर्ण राज्य का दर्जा देकर उपराज्यपाल को हटाने की माँग कर रही थी, ऐसे में आप दूसरे राज्य का दर्जा छीनकर केंद्र शासित प्रदेश बनाने और नए उपराज्यपालों की नियुक्ति का समर्थन कैसे कर सकते हैं।

यह देखना सुखद रहा कि आम आदमी पार्टी तृणमूल कांग्रेस के अलगावादी एजेंडे के झाँसे में नहीं फँसी और उसने धारा 370 पर सरकार का साथ दिया।

देश के संविधान निर्माताओं ने जब संविधान लिखना शुरू किया तो उनके दिमाग में यह बात पूरी तरह स्पष्ट थी कि एक संघीय गणराज्य यानी विभिन्न राज्यों के समूह को आपस में जोड़कर भारत राष्ट्र का निर्माण कर दिया जाएगा, लेकिन भविष्य में कोई राज्य केंद्र की प्रभुता को चुनौती न दे पाए, उन्होंने इसका भी पूरा ध्यान रखा। संविधान निर्माताओं का यह स्पष्ट मत था कि एक श्रेष्ठ व मजबूत भारत राष्ट्र के स्थायित्व के लिए केंद्र का मजबूत होना बेहद जरूरी है। मोदी सरकार ने धारा 370 को हटाकर 1989 से आतंकवाद का दंश झेल रहे धरती के स्वर्ग को अगर कुछ समय के लिए अपने हाथ में ले लिया है तो इसके पीछे उसकी मंशा यही है कि यहाँ के लोगों का जीवन शांतिपूर्ण तरीके से व्यतीत हो और राज्य में आतंकवाद का समूल सफाया हो तथा यहाँ पर विकास की एक नई बयार बहे।

अगर ममता बनर्जी को राष्ट्र की चिंता होती, तो वह और उनकी पार्टी के नेता संसद् के दोनों सदनों में मोदी सरकार के इस फैसले का समर्थन करते। सच तो यह है कि ममता को न तो राष्ट्रीय एकता और अखंडता से कुछ लेना-देना है और न ही उन्हें पश्चिम बंगाल के लोगों की कोई चिंता है। उन्हें अगर चिंता है तो सिर्फ और सिर्फ एक चीज की, वह है मुसलिम वोटबैंक। चूँकि ममता के समर्थन में पश्चिम बंगाल के हिंदू समाज की भी भागीदारी है, इसलिए धारा 370 पर दोनों सदनों में उन्हें अलग-अलग रुख अख्तियार करना पड़ा।

राज्यसभा में जहाँ धारा 370 को समाप्त करने लेकर डेरेक ओ-ब्रायन के तेवर काफी तीखे थे, वहीं लोकसभा में पार्टी नेता सुदीप बंदोपाध्याय का रुख काफी नरम रहा। उन्होंने राष्ट्रीय एकता और अखंडता के पक्ष में लंबा भाषण दिया। राष्ट्रीय विविधता, अनेकता में एकता, अलग-अलग भाषा-परिधान इन सब का उदाहरण देते हुए सुदीप ने सरकार से कई सवाल पूछे, जो विधेयक को पेश करने से जुड़ी संसदीय प्रक्रियाओं से संबंधित रहे। इस

नरमी के साथ ही ममता के निर्देश पर राज्यसभा और लोकसभा में विधेयक पर हुए मतदान के दौरान तृणमूल कांग्रेस के सदस्यों ने सदन की काररवाई का बहिष्कार करके सरकार का परोक्ष रूप से समर्थन भी कर दिया। जब इस बारे में मीडिया ने ममता से सवाल किए तो उन्होंने मुसलिम मतदाताओं को नए सिरे से साधने के लिए यह जवाब दिया कि बहिष्कार को समर्थन नहीं माना जाना चाहिए।

बता दें कि संसदीय नियमों के अनुसार संविधान संशोधन के लिए संसद् में मत विभाजन के दौरान उपस्थित सदस्यों की संख्या को ही गिना जाता है। जाहिर है, बहिष्कार के कारण विपक्षी सदस्यों की कम संख्या का सत्तारूढ़ पक्ष को फायदा मिल जाता है। स्पष्ट है कि ममता की यह पैंतरेबाजी राज्य के हिंदू मतदाताओं को साधने के लिए की गई थी, लेकिन अब पश्चिम बंगाल का हिंदू समाज उनके झाँसे में नहीं आनेवाला है। ममता चाहे क्षेत्रवाद फैलाएँ या फिर अलगाववाद को हवा दें, यह साफ दिख रहा है कि धीरे-धीरे दरक रही तृणमूल कांग्रेस आनेवाले समय में जल्द ही इतिहास का हिस्सा बन जाएगी।

लोकसभा चुनाव के बाद ममता के साथ खड़े नेताओं का भाजपा की तरफ आने का सिलसिला लगातार जारी है। जम्मू-कश्मीर से धारा 370 को

समाप्त करने के मुद्दे पर ममता ने जो रुख अख्तियार किया है, वह इस सिलसिले को तेज करनेवाला है। ममता की पार्टी के कई नेता धारा 370 पर उनके रुख का खुलकर विरोध कर रहे हैं। राष्ट्रवादी विचारधारा में पोषित कोई भी नेता ममता के इस रवैए का विरोध करेगा ही करेगा। राज्यसभा में डेरेक ओ-ब्रायन ने 370 का विरोध करके देश हित को किनारे रखकर ममता के प्रति अपनी निष्ठा का प्रदर्शन किया तो इसी सदन में उनकी पार्टी के मुख्य सचेतक सुखेंदु शेखर रॉय ने सरकार के फैसले का समर्थन किया। उन्होंने कहा कि दशकों पुरानी कॉमेडी ऑफ एरर्स को अब दुरुस्त किया जा रहा है। रॉय यहीं नहीं रुके। उन्होंने आगे कहा कि आज यह एक गड़गड़ाहट थी। आनेवाले दिनों में और भी होनेवाली हैं। बदलाव ही हमारे राष्ट्रीय जीवन का पहिया है। हम नश्वर हैं, लेकिन राष्ट्र नश्वर नहीं है। हमें एक बार फिर से बीते हुए कल का गाना नहीं गाना चाहिए। धारा 370 को समाप्त करने का यह काम आज और आनेवाले कल तक हो जाना चाहिए। यहाँ ध्यान देनेवाली बात यह है कि सुखेंदु शेखर रॉय पार्टी के मुख्य सचेतक हैं। मुख्य सचेतक की जिम्मेदारी सदन में अपने सभी सांसदों को महत्त्वपूर्ण मौकों पर मौजूद रखने की होती है।

जाहिर है, ममता बनर्जी और डेरेक ओ-ब्रायन से अलग रास्ता अख्तियार करके रॉय ने अपने जिस राष्ट्रवादी संस्कारों की पुकार को सुना है, वह तृणमूल कांग्रेस के लिए एक ऐसी चिनगारी का काम करनेवाली है, जो आनेवाले समय में आग में तब्दील होकर इस पार्टी के अस्तित्व को जलाकर इतिहास के गर्द में ढकेल देगी। सुखेंदु शेखर रॉय का यह रुख ममता को बेहद नागवार लगा है। उनके इर्द-गिर्द घेराबंदी किए कई अन्य शीर्ष नेताओं की त्योरियाँ भी तन गई हैं।

बता दें कि ममता ने धारा 370 पर अपनी पार्टी के रुख को व्यक्त करते हुए कहा है कि जम्मू-कश्मीर पुनर्गठन विधेयक का पुरजोर तरीके से विरोध किया जाएगा। उनकी आपत्ति इस बात को लेकर है कि इतना बड़ा फैसला लेने से पहले केंद्र सरकार को सभी राजनीतिक दलों और कश्मीरियों से

सलाह-मशविरा लेना चाहिए था। ममता के मुताबिक यह एक अलोकतांत्रिक फैसला है और हम जी-जान से इसका विरोध करेंगे।

बहरहाल, ममता जैसे राष्ट्रहित की अनदेखी करनेवाले नेताओं की हाय-तौबा के बावजूद 130 करोड़ जनता से मिली शक्ति के सहारे दोनों सदनों में धारा 370 को रद्द करने का प्रस्ताव पारित कर दिया और राष्ट्रपति ने इसे अपनी मंजूरी भी दे दी है। ममता के किसी भी नेता ने जी-जान से विरोध किया हो, ऐसा न तो अभी तक दिखा है और न ही आगे दिखने की संभावना है। फिलहाल ममता बनर्जी वैचारिक दीवालिएपन के सहारे वोटबैंक की राजनीति में अपने राष्ट्रवादी नेताओं को एकजुट रखने की मशक्कत में जुटी हैं।

अपने सियासी फायदे के लिए ममता बनर्जी राष्ट्रीय हितों की कैसे अनदेखी करती हैं, इसका एक उदाहरण वर्ष 2011 में भी देखने को मिला था। 6-7 सितंबर, 2011 को तत्कालीन प्रधानमंत्री डॉ. मनमोहन सिंह को बांग्लादेश के दो दिवसीय दौरे पर जाना था। इस यात्रा के दौरान मनमोहन सिंह के एजेंडे में तीस्ता नदी जल बँटवारे पर दोनों देश के बीच समझौता भी शामिल था।

पहले से तय कार्यक्रम के मुताबिक पश्चिम बंगाल की मुख्यमंत्री को भी इसी दिन ढाका पहुँचना था, लेकिन ऐन वक्त पर उन्होंने तीस्ता नदी जल बँटवारे पर केंद्र सरकार द्वारा बांग्लादेश के साथ बनी सहमति के बाद तैयार किए गए अंतिम मसौदे के विरोध में इस यात्रा से इनकार कर दिया था। ममता का कहना था कि यह मसौदा पश्चिम बंगाल के हित में नहीं है; लेकिन पश्चिम बंगाल की मुख्यमंत्री ममता बनर्जी के विरोध की वजह से इस पर हस्ताक्षर नहीं किया जा सका था। उन्होंने समझौते का विरोध करके राज्य की जनता के बीच खुद को उनका हितैषी तथा केंद्र सरकार को दुश्मन के रूप में पेश करने का प्रयास किया, जबकि वास्तविकता यही है कि केंद्र सरकार संघीय ढाँचे के अनुरूप हमेशा राज्यों के हित में फैसले लेती है और कानून बनाती है। कोई भी अंतरराष्ट्रीय समझौता करने से पहले राज्यों से सलाह-मशविरा भी किया जाता है।

देश के इतिहास में ऐसा कोई भी राज्य नहीं होगा, जिसने केंद्र की नीयत पर ममता की तरह सवाल खड़ा करके अंतरराष्ट्रीय स्तर पर प्रधानमंत्री की बेइज्जती कराई हो और लोगों को केंद्र के खिलाफ भड़काया हो। यह क्षेत्रवाद की आड़ में सत्तासुख के लिए ममता की अलगाववादी भावना नहीं तो और क्या है। ममता के ढाका नहीं जाने के कारण मनमोहन सिंह को खाली हाथ लौटना पड़ा था। ममता की जिद और गठबंधन राजनीति की मजबूरी के कारण केंद्र की कांग्रेसनीत संप्रग सरकार को मन मसोसकर रह जाना पड़ा था।

फरवरी 2015 में ममता बनर्जी खुद ढाका दौरे पर गई थीं और बांग्लादेश की जनता को विश्वास दिलाया था कि तीस्ता नदी जल बँटवारे का समाधान कर दिया जाएगा। वहाँ पर एक वैचारिक आदान-प्रदान के कार्यक्रम में ममता ने कहा था कि मेरे ऊपर विश्वास रखो, इसके बारे में चिंता मत करो। लेकिन अप्रैल 2017 में प्रधानमंत्री नरेंद्र मोदी के निमंत्रण पर भारत दौरे पर आई बांग्लादेश की प्रधानमंत्री शेख हसीना की उम्मीदों पर एक बार फिर से उस समय पानी फिर गया, जब दिल्ली में एक बैठक के दौरान ममता के समक्ष तीस्ता नदी जल समझौते के जिक्र पर उन्होंने पलटी मार ली। शेख हसीना ने ममता को मनाने का बहुत प्रयास किया, लेकिन भारतीय संविधान में जल राज्य का विषय होने के कारण ममता अपने पुराने रुख पर अड़ी रहीं।

ममता के इस रवैए के कारण पूर्ण बहुमतवाली सरकार होने के बावजूद मनमोहन सिंह की तरह प्रधानमंत्री नरेंद्र मोदी को भी पीछे हटना पड़ा। यहाँ पीछे हटकर प्रधानमंत्री ने देश के संघीय ढाँचे का सम्मान किया और ममता ने इसकी घोर अनदेखी करके अपनी टुच्ची अलगाववादी राजनीति का सहारा लिया। उन्होंने अपने हितों के लिए राज्य की जनता के हित की आड़ में अंतरराष्ट्रीय मंच पर देश के शीर्ष नेतृत्व की एक बार नहीं, बल्कि दो बार बदनामी की और देश की विदेश नीति पर बट्टा लगाने का काम किया। शेख हसीना के आग्रह को ठुकराते हुए ममता ने कहा था कि तीस्ता नदी जल पर कोई समझौता नहीं हो सकता, क्योंकि बांग्लादेश को देने के लिए

तीस्ता नदी में पानी ही नहीं है। हालात को सँभालते हुए प्रधानमंत्री नरेंद्र मोदी ने शेख हसीना को आश्वस्त किया कि तीस्ता मुद्दे का समाधान निकाल लिया जाएगा।

उल्लेखनीय है कि गंगा, ब्रह्मपुत्र और मेघना के बाद तीस्ता भारत और बांग्लादेश से होकर बहनेवाली चौथी सबसे बड़ी नदी है। सिक्किम की पहाड़ियों से निकलकर भारत में लगभग तीन सौ किलोमीटर का सफर तय करने के बाद यह नदी बांग्लादेश पहुँचती है। बांग्लादेश का करीब 14 फीसदी इलाका सिंचाई के लिए इसी नदी के पानी पर निर्भर है और यहाँ की लगभग 7.3 फीसदी आबादी को इस नदी के माध्यम से प्रत्यक्ष रोजगार मिलता है।

बता दें कि तीस्ता नदी के पानी पर विवाद देश के विभाजन के समय से ही चला आ रहा है। तीस्ता के पानी के लिए ही ऑल इंडिया मुसलिम लीग ने वर्ष 1947 में सर रेडक्लिफ की अगुवाई में गठित सीमा आयोग से दार्जिलिंग व जलपाईगुड़ी को तत्कालीन पूर्वी पाकिस्तान में शामिल करने

की माँग उठाई थी, लेकिन कांग्रेस और हिंदू महासभा ने इसका विरोध किया था। तमाम पहलुओं पर विचार के बाद सीमा आयोग ने तीस्ता का अधिकांश हिस्सा भारत को सौंपा था, उसके बाद यह मामला कई साल ठंडे बस्ते में रहा। लेकिन 1971 में पाकिस्तान से अलग होकर बांग्लादेश के रूप में एक नया राष्ट्र बनने के बाद इस नदी के जल-बँटवारे का मुद्दा दोबारा उभरा।

इस विषय पर वर्ष 1983 में तीस्ता के जल-बँटवारे पर एक आकस्मिक समझौता हुआ था, जिसके तहत बांग्लादेश को 36 फीसदी और भारत को 39 फीसदी पानी के इस्तेमाल का हक मिला। शेष 25 फीसदी पानी का आवंटन नहीं किया गया था। नए समझौते के प्रारूप के मुताबिक बांग्लादेश को 48 फीसदी पानी मिलना है, लेकिन ममता बनर्जी की दलील है कि ऐसी स्थिति में उत्तर बंगाल के छह जिलों में सिंचाई व्यवस्था पूरी तरह ठप हो जाएगी। ममता की सरकार ने अपनी तरफ से नियुक्त किए गए एक विशेषज्ञ समिति से अध्ययन कराने के बाद बांग्लादेश को मानसून के दौरान नदी का 35 या 40 फीसदी पानी उपलब्ध कराने और सूखे के दौरान 30 फीसदी पानी देने का प्रस्ताव रखा था, लेकिन बांग्लादेश को यह मंजूर नहीं है। बांग्लादेश अधिक पानी माँग रहा है, लेकिन बंगाल सरकार इसके लिए तैयार नहीं है।

उल्लेखनीय है कि पिछले कुछ वर्षों के दौरान भारत और बांग्लादेश के संबंधों ने नई ऊँचाइयों को छुआ है। भारत के पड़ोसी देशों में बांग्लादेश एक मात्र ऐसा जहाँ भारत ने सबसे अधिक निवेश कर रखा है। भारत की कई सरकारी और निजी कंपनियाँ बांग्लादेश के विकास में महत्त्वपूर्ण भूमिका निभा रही हैं। जबकि ममता बनर्जी अपने वोटबैंक के लिए बांग्लादेश के आतंकवादी तत्त्वों को पश्चिम बंगाल में बसाकर, राज्य के हितों की घोर अनदेखी करते हुए मौजूदा आबादी की संरचना को बदलकर अपने वोटबैंक को पुख्ता करने में जुटी हैं। इसके लिए भारत के पड़ोसी देशों के साथ संबंध खराब हों तो भी उन्हें इसकी परवाह नहीं है।

गौर करनेवाली बात यह है कि आतंकवाद के मुद्दे पर भारत सरकार और बांग्लादेश का रुख एक समान है। दोनों राष्ट्र हाथ मिलाकर दक्षिण

एशिया के विकास में प्रभावशाली भूमिका अदा कर सकते हैं। प्रधानमंत्री नरेंद्र मोदी ने 2014 में सत्ता में आने के बाद तीस्ता नदी जल समझौते की विफलता से पैदा हुई खटास को दूसरे तरीके से दूर करने का प्रयास किया। बांग्लादेश के गठन के समय से ही सीमावर्ती इलाकों के कई गाँवों में बसे लोगों की जमीन से जुड़े विवाद का समाधान करके उन्होंने यह संकेत दिया कि आनेवाले समय में आपसी संबंधों में नासूर की तरह चुभ रहे तीस्ता विवाद को भी वह हल कर लेंगे।

आज के समय में जब प्रधानमंत्री नरेंद्र मोदी के नेतृत्व में राष्ट्रवादी विचारधारा की जो नई बयार जम्मू-कश्मीर सहित समूचे भारत में नए सिरे पुष्ट हो रही है, ममता बनर्जी की राजनीति इसके असर से कतई बचनेवाली नहीं है। जिस जम्मू-कश्मीर को भारत का अभिन्न अंग बनाने के लिए बंगाल के राष्ट्रवादी महापुरुष श्यामा प्रसाद मुखर्जी ने अपने जीवन का बलिदान दिया, उसी बंगाल की मुखिया ममता बनर्जी ने धारा 370 को समाप्त करने का विरोध करके इस महान् राज्य की जनता का अपमान किया है। ममता के इस फैसले ने तृणमूल कांग्रेस के बंगाल के राष्ट्रवादियों की भावना को आहत करने का काम किया है। उनका यह कदम इतिहास के पन्नों पर राजनीतिक नजरिए से आत्मघाती के रूप में दर्ज किया जाएगा। राज्य की जनता समझ रही है और देख रही है कि ममता बनर्जी अपने सत्तासुख के लिए क्षेत्रवाद, मुसलिम तुष्टीकरण और अलगाववाद की जो हवा बहाने का प्रयास कर रही हैं, उसे राष्ट्रवाद का तूफान बंगाल की खाड़ी में उड़ा देगा।

2019 के लोकसभा चुनाव में राष्ट्रवादी बयार की दिशा मोड़ने के लिए ममता बनर्जी ने जी-जान से कोशिश की थी, क्योंकि उन्हें अपनी सत्ता की लड़खड़ाहट का आभास हो गया था। इस चुनाव के प्रचार के दौरान ममता द्वारा राज्य की जनता के बीच खुद को एक राष्ट्रीय स्तर की कद्दावर नेता और भावी प्रधानमंत्री के रूप में पेश करने के इरादे से 19 क्षेत्रीय दलों के नेताओं को एक मंच पर लाया गया था। कांग्रेस नेता सोनिया गांधी और राहुल गांधी ने रैली से अनुपस्थित रह कर ममता के इस मेगा शो को फ्लॉप कर

दिया। जनता उनके इस खेल को समझ चुकी थी, इसीलिए भाजपा को यहाँ पर ऐतिहासिक जीत मिली।

बंगाल में नए सिरे पुष्ट हो रही राष्ट्रवादी विचारधारा को ममता जितना दबाने का प्रयास करेंगी, वह उसकी दोगुनी ताकत के साथ मजबूत होगी और यहाँ पर उनके संरक्षण में फल-फूल रहे सभी तरह के सनातन विरोधी, राष्ट्रविरोधी, अलगाववादी तथा अवैध कारोबार में लिप्त तत्त्वों की गतिविधियों व उनकी विचाराधारा का अवसान होगा। 21वीं सदी के बंगाल में एक बार फिर से पुनर्जागरण शुरू हो चुका है और इसका आगाज देश-दुनिया ने 2019 के लोकसभा चुनाव में देख लिया है।

□

ममता की छाँव में पशु-तस्करों का अभयारण्य बना बंगाल

देशभर में गौ-तस्करों और गौ-रक्षकों के नाम पर मचे शोर-शराबे के बीच ममता बनर्जी के संरक्षण में पश्चिम बंगाल से पशुओं की तस्करी लगातार बढ़ती जा रही है। अगर पश्चिम बंगाल से पशुओं की तस्करी इसी गति से तेज होती रही तो उत्तर भारत के कई राज्यों, जैसे उत्तर प्रदेश, बिहार, झारखंड, पंजाब, हरियाणा, राजस्थान आदि में पशु ढूँढ़ने पर भी नहीं मिलेंगे। आए दिन इन राज्यों में पशु-तस्करों और गो-वंश रक्षकों के बीच टकराव की खबरें सिर्फ देश में ही नहीं, बल्कि पूरी दुनिया में चर्चा का विषय बनी हुई हैं।

यह तथ्य सबको पता है कि इन राज्यों से पशुओं की तस्करी का जाल पश्चिम बंगाल से जुड़ा हुआ है, जो बांग्लादेश तक फैला हुआ है। पश्चिम बंगाल के सीमावर्ती इलाकों से रोजाना 16 से 20 हजार पशुओं को तस्करी के जरिए बांग्लादेश भेजा जाता है। बी.एस.एफ. के जवान हर साल हजारों पशुओं को जब्त करते हैं, लेकिन ममता बनर्जी सरकार की तरफ से पशु-तस्करों को मिले राजनीतिक संरक्षण के कारण कस्टम विभाग द्वारा की जानेवाली नीलामी में तस्कर गिरोह के सदस्य ही इन पशुओं को दोबारा खरीद लेते हैं। सीमा पार से मिलनेवाली मोटी धनराशि के कारण पशु-तस्करों को इस धंधे में कोई नुकसान नहीं उठाना पड़ता है।

एक अनुमान के मुताबिक पश्चिम बंगाल में भारत और बांग्लादेश सीमा पर पशुओं की तस्करी का सालाना करोबार 5 से 10 हजार करोड़ रुपए तक

का है। सबसे बड़ी चिंता की बात यह है कि इस पशु-तस्करी की आड़ में इसलामिक आतंकवादी संगठन सक्रिय रूप से लिप्त पाए गए हैं। ऐसे कई मामले प्रकाश में आए हैं कि आतंकियों का यह संगठन पशु-तस्करी के साथ-साथ नकली नोटों की तस्करी और धार्मिक आधार पर बंगाल सहित पूरे देश में अलगाव को हवा देने की गतिविधियों में भी लिप्त पाया गया है।

पशु तस्करों का यह नेटवर्क आतंकी संगठनों के साथ-साथ ममता बनर्जी को भी पुलिस के माध्यम से अपने धन का एक हिस्सा देता है। तस्करों से पुलिस को प्रति पशु 500 से 1000 रुपए तक की घूस दी जाती है। सुरक्षा एजेंसियों को इस बारे में कई पुख्ता सबूत मिले हैं, लेकिन ममता बनर्जी के राजनीतिक संरक्षण के कारण उनके प्रयासों पर लगातार पानी फिर रहा है। बांग्लादेश में पशु मांस की भारी माँग होने की वजह से वहाँ की सरकार अपनी सीमा के भीतर प्रवेश करनेवाले भारतीय पशु-तस्करों को वैध कारोबारी मानती है। इन तस्करों को सीमा शुल्क के तौर पर बांग्लादेश के अधिकारियों को प्रति पशु एक पूर्व निश्चित रकम अदा करनी होती है। वे बांग्लादेश के मवेशी कारोबारियों की सहायता से यह सब काम बेहद आसानी से कर लेते हैं।

गो-वंश संरक्षण के लिए राष्ट्र की सनातन परंपरा के अनुरूप प्रधानमंत्री नरेंद्र मोदी ने 23 मई, 2017 को पशुओं पर हो रही क्रूरता पर लगाम लगाने के पवित्र इरादे से पशु व्यापार के नए कानून को लागू किया है। मोदी सरकार द्वारा 'पशुओं प्रति क्रूरता का निवारण (पशुधन बाजार विनियमन) नियम-2017' को लागू करने के पीछे एक प्रमुख सोच यह भी है कि पशु-तस्करी के अवैध कारोबार से पैदा होनेवाले लाखों करोड़ रुपए के काले धन और आतंकवादी गतिविधियों में उसके इस्तेमाल पर रोक लगाई जा सके; लेकिन पश्चिम बंगाल सरकार ने इसका पालन करने से साफ इनकार कर दिया है। इस कानून के लागू होने से बी.एस.एफ. के जवानों को भी अपना फर्ज निभाने में काफी मुश्किलों का सामना करना पड़ रहा है। अवैध कारोबार पर किए गए इस करारे प्रहार से तस्कर तिलमिला गए हैं। वे बी.एस.एफ. के जवानों पर जानलेवा हमले भी करने लगे हैं।

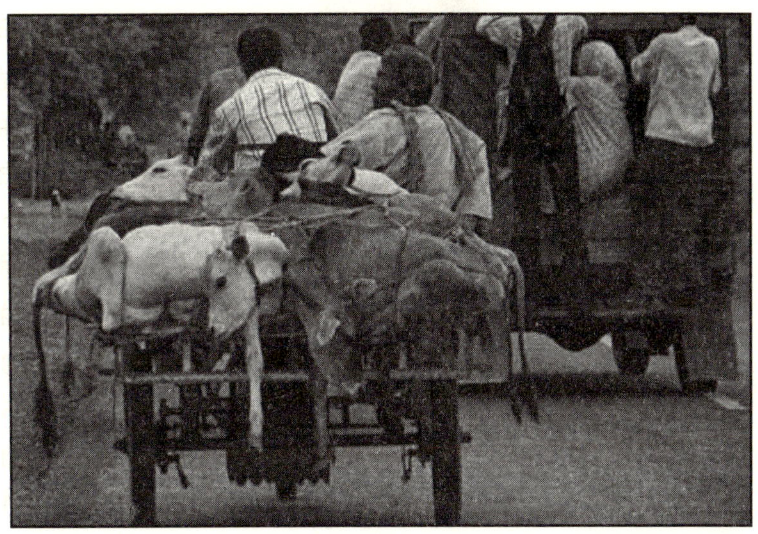

अपने राजनीतिक स्वार्थपूर्ति के लिए ममता बनर्जी सरकार ने तस्करों को खुली छूट दे रखी है। ममता की शह पर पश्चिम बंगाल में पशु-तस्करी का गोरख-धंधा धड़ल्ले से फल-फूल रहा है। पश्चिम बंगाल में भारत-बांग्लादेश सीमा पर पशुओं की खरीद-फरोख्त के पाँच बड़े हाट धड़ल्ले से चल रहे हैं, क्योंकि उनका संचालन राज्य सरकार द्वारा किया जाता है। समस्या यह है कि सीमा पर पशुओं की तस्करी रोकने का जिम्मा बी.एस.एफ. के ऊपर है और सीमा पर स्थित ये हाट भी उसके अधिकार क्षेत्र में हैं। ये हाट अंतरराष्ट्रीय सीमा के 8 किलोमीटर के दायरे में स्थित हैं। ईद के मौके पर बांग्लादेश में पशु मांस की भारी माँग होने के कारण तस्करी की गति तेज हो जाती है। आज अगर उत्तर प्रदेश, बिहार और झारखंड के गाँवों से पशु गायब हैं तो इसके पीछे ममता बनर्जी की बहुत बड़ी भूमिका है। ममता के संरक्षण में इन राज्यों के कस्बों और गाँवों के अंदरूनी रास्तों से गायों की तस्करी का विशाल नेटवर्क पश्चिम बंगाल से होते हुए सीमा पार बांग्लादेश तक पूरी तरह फल-फूल रहा है। एक अनुमान के मुताबिक उत्तर प्रदेश, बिहार और झारखंड सहित देश के कई अन्य राज्यों से हर साल लगभग 50 से 60 लाख पशु पश्चिम बंगाल के रास्ते अवैध रूप से बांग्लादेश पहुँचाए जाते हैं।

ममता सत्तासुख में इस कदर अंधी हो चुकी हैं कि राज्य की गरीब जनता के खून-पसीने की कमाई से लूट से काम नहीं चला तो उन्होंने बहुसंख्यक हिंदू समाज की भावनाओं की पूरी तरह अनदेखी करते हुए पशुओं का मांस और खून पशु-तस्करों की सहायता से बांग्लादेश के बाजार में बेचनेवाने की छूट दे रखी है। बता दें कि बांग्लादेश की 2000 किलोमीटर से लंबी सीमा पश्चिम बंगाल से जुड़ी है, इसमें भी लगभग 500 किलोमीटर का इलाका नदियों से घिरा है। इन नदियों की वजह से तस्करों को पशुओं को सीमा पार कराने में आसानी होती है। अभी भी कई ऐसे इलाके हैं, जहाँ भौगोलिक परिस्थितियों के कारण कँटीले तारों की बाड़ नहीं लग पाई है।

भारत में गौ-मांस का निर्यात पूरी तरह प्रतिबंधित है, लेकिन बांग्लादेश में इस पर कोई रोक नहीं है। भारत के मुकाबले बांग्लादेश में पशुओं की कीमत 5 से 10 गुना अधिक मिलती है, इसकी वजह से भारी मुनाफे के लालच में तस्कर पशुओं को सीमापार ले जाने के नए-नए तरीके तलाशते रहते हैं। अगर सही तरीके से जाँच करके इस धंधे से ममता की काली कमाई का हिसाब लगाया जाए तो यह आँकड़ा कट मनी से कई गुना ज्यादा निकल सकता है। यह जाँच इसलिए भी जरूरी है कि कट मनी से होनेवाली कमाई बंद होने से हुए घाटे की भरपाई के लिए ममता पशु-तस्करी से पूर्ति करने का प्रयास करेंगी।

जाहिर है, आने वाले समय में उत्तर भारत से पशुओं की तस्करी के मामले और बढ़ सकते हैं। ऐसे में केंद्र सरकार को ममता के इस धंधे पर लगाम लगाने के लिए ठोस कदम उठाने की सख्त जरूरत है। ममता की इस कमाई में कोई कमी न आने पाए, इसके लिए उन्होंने गो-तस्करी में लिप्त अपने ही कार्यकर्ताओं का एक ऐसा गिरोह तैयार कर रखा है, जो गो-रक्षा के आंदोलन से जुड़ा हुआ है। इन गो-रक्षकों के लिए अलग से वर्दी भी मुहैया कराई गई है। सोसायटी फॉर प्रिवेंशन ऑफ क्रूएलिटी एनिमल्स यानी ए.सी. पी.ए. नाम का एक गैर-सरकारी संगठन यहाँ काम करता है। इस संगठन को पुलिस की वर्दी पहनने का अधिकार राज्य सरकार के आदेश से मिला हुआ

है। पुलिस को भी इनके साथ पूरा सहयोग करने का आदेश दिया गया है, मगर ए.सी.पी.ए. के निरीक्षक ही पैसे लेकर गो-तस्करों की सहायता करते हैं और बांग्लादेश के लिए उत्तर भारत से लाए गए पशुओं की तस्करी करवाते हैं। पशुओं को सीमा पार कराने में पुलिस की तरफ से कोई बाधा पैदा न होने पाए, वे इसका खयाल रखते हैं और मौका मिलते ही पशुओं को सीमा से पार करके बांग्लादेश भेज दिया जाता है। इनकी मिली-भगत से सीमा पर गो-तस्करी का धंधा दिनोदिन बढ़ता ही जा रहा है।

अक्तूबर 2012 में एन.आई.ए. ने पश्चिम बंगाल के मालदा जिले से बादल शेख नाम के एक ऐसे तस्कर को गिरफ्तार किया था। शेख के खिलाफ अदालत में दाखिल किए गए आरोपपत्र में एन.आई.ए. ने बताया था कि वह भारत-बांग्लादेश सीमा पर पशु-तस्करी करता है। यहीं पर उसका संपर्क आतंकियों के नेटवर्क से हुआ और वह नकली मुद्रा की भी तस्करी करने लगा। इसी तरह पश्चिम बंगाल की पुलिस ने 2007 में अजीजुर्रहमान सरदार को गिरफ्तार किया था, जिसे आतंकी संगठन हूजी के साथ संबंधों के आरोप में उत्तर प्रदेश एस.टी.एफ. के हवाले किया गया था। एस.टी.एफ. ने उनकी निशानदेही पर 10 हथगोले और दो किलो आरडीएक्स बरामद किया था।

एस.टी.एफ. की पूछताछ में उसने स्वीकार किया था कि वह भारत से बांग्लादेश को गो-वंश की तस्करी करता है। पश्चिम बंगाल और बांग्लादेश की सीमा पर गो तस्करों की राष्ट्र विरोधी गतिविधियों को संरक्षण देकर ममता ने राज्य की जनता के जमीनी हक पर डाका डालवाने का भी काम किया है। यहाँ के कई सीमावर्ती इलाकों में अवैध बस्तियों की संख्या काफी तेजी से बढ़ती जा रही है। इन इलाकों के स्थानीय निवासी बताते हैं कि ये बस्तियाँ बांग्लादेश से यहाँ आकर बसे लोगों की हैं।

गौर करनेवाली बात यह है कि इन बस्तियों में अधिकतर लोग मुसलिम समुदाय के हैं। बंगाल पुलिस की विशेष शाखा ने इन इलाकों में भी एन.आर. सी. लागू करने की जरूरत बताई है। बांग्लादेशी घुसपैठियों की वजह से बनी इन बस्तियों के इलाकों में पशु-तस्कर अपनी गतिविधियाँ बेखौफ चलाते देखे

जा सकते हैं। गृह मंत्रालय के इन सभी गतिविधियों की जानकारी है, क्योंकि यह मामला अनेक बार संसद् में भी उठ चुका है। इसकी वजह से ममता के असहयोग के कारण केंद्र सरकार एक सीमा तक ही कदम उठा पाती है और समस्या ज्यों-की-त्यों बरकरार रहती है।

भारत के संविधान निर्माताओं ने गाय के आर्थिक महत्त्व को समझते हुए पश्चिम बंगाल, केरल और त्रिपुरा सहित पूर्वोत्तर के कुछ राज्यों को छोड़कर पूरे देश में गो-हत्या पर प्रतिबंध का कानून बना रखा है। लेकिन ममता बनर्जी ने पशु-तस्करों को इस तरह से संरक्षण दे रखा है कि वे कई जगहों पर कँटीले तारों की बाड़ को भी काट देते हैं।

इनके गिरोह में कुछ लोग लाइनमैन के तौर पर काम करते हैं, जिनकी जिम्मेदारी बी.एस.एफ. के गश्ती दल के जवानों की गतिविधियों पर निगरानी करने की होती है। इसके अलावा पत्थरबाजों का भी एक गिरोह इन तस्करों की टीम का एक हिस्सा होता है, जो सीमा पार कराते समय अवरोध पैदा करने पर बी.एस.एफ. के गश्ती दल पर पथराव करता है। केंद्र के नए नियमों में हत्या के लिए पशुओं की बिक्री पर पाबंदी लगा दी गई है। इसका मुख्य उद्देश्य पशुओं की अवैध खरीद-फरोख्त और तस्करी पर रोक लगाना है।

सीमा पर आए दिन पशुओं के साथ तस्करों को गिरफ्तार किया जाता है, लेकिन ममता बनर्जी सरकार के संरक्षण के कारण ये लोग स्थानीय प्रशासन और पुलिस के चंगुल से मात्र कुछ दिन में ही छूट जाते हैं। 2011 में बांग्लादेश के साथ सीमा पर हुए विवाद के बाद भारत सरकार ने बी.एस.एफ. को एक निर्देश दिया था कि पशु-तस्करों पर गोली न चलाई जाए, जिससे कि बेकसूर बांग्लादेशी नागरिकों की मौत न हो। मानवीयता के आधार पर लिया गया सरकार का यह फैसला पशु-तस्करों के लिए मुफीद साबित हो रहा है। उन्हें पता है कि बी.एस.एफ. के जवान गोली नहीं चलाएँगे, इसलिए वे बड़ी आसानी से सीमा पर लगी बाड़ को काटकर पशुओं को बांग्लादेश की सीमा में भेज देते हैं।

इस आदेश से न सिर्फ तस्करी बढ़ी है, बल्कि सीमा पर लगे कँटीले तारों

की बाड़ को पशु-तस्करों द्वारा काटने की घटनाओं में भी काफी वृद्धि हुई है। चूँकि ममता बनर्जी ने केंद्र सरकार द्वारा पशु-तस्करी पर लगाम लगाने के इरादे से बनाए गए नियमों को यह कहते हुए लागू करने से इनकार कर दिया है कि ये नियम राज्य सरकार के अधिकारों का अतिक्रमण करते हैं, बी.एस.एफ. के जवानों की परेशानी भी बढ़ गई है। विशेषरूप से सीमा पर बने पशु हाटों ने इन अर्धसैनिक बलों के लिए सबसे बड़ा सिरदर्द पैदा कर दिया है। बी.एस.एफ. के जवान स्वीकार करते हैं कि इस तरह के हालात में उन्हें यही समझ में नहीं आ रहा है कि वे अपने कर्तव्य का पालन कैसे करें। बी.एस.एफ. का सवाल यह है कि पशुओं की तस्करी रोकने का जिम्मा उसके जवानों के कंधे पर है। अगर वे केंद्रीय नियमों की अनदेखी करते हैं तो राज्य सरकार को एतराज होगा और अगर इन नियमों को लागू करते हैं तो उन्हें राज्य सरकार का कोपभाजन बनना पड़ेगा।

फिलहाल कोई स्पष्ट दिशा-निर्देश नहीं मिलने के कारण वे इस मुद्दे को स्थानीय प्रशासन की निगाह में लाने के अलावा कुछ भी नहीं कर पाते हैं। बी.एस.एफ. की तरफ से ममता बनर्जी सरकार को इस बारे में कई बार पत्र भी लिखे गए हैं, लेकिन सरकार के उदासीन रवैए के कारण उन्हें इसका भी जवाब नहीं मिला। ममता की शह पाकर इन पशु-तस्करों के हौसलों की बुलंदी का अंदाजा आगे के घटनाक्रमों से लगाया जा सकता है। 10-11 जुलाई, 2019 को तड़के बांग्लादेश के 25 पशु-तस्करों का एक समूह पश्चिम बंगाल के उत्तरी 24 परगना के एक इलाके में काफी बड़ी संख्या में

पशुओं को बांग्लादेश भेजने की तैयारी में था। बी.एस.एफ. के जवानों को इसकी भनक लग गई थी।

तस्कर जैसे ही सीमा के नजदीक पहुँचे, बी.एस.एफ. के जवानों ने उन्हें आगे बढ़ने से रोकते हुए चुनौती दी। इस पशु-तस्करी में कई भारतीय तस्कर भी उन्हें सहयोग दे रहे थे। तस्करों के पास पिस्तौल, देशी बम, तेज रोशनीवाली टॉर्च, हँसिया, लाठी, दाव जैसे कई घातक हथियार भी थे। बी.एस.एफ. के जवानों द्वारा रोके जाने पर तस्करों ने बी.एस.एफ. आरक्षक अनीसुर्रहमान के चेहरे पर टॉर्च का प्रकाश डाला, उनकी आँखें चौंधिया गईं, जिसके तुरंत बाद उनकी हत्या के इरादे से तस्करों ने देशी बम से हमला कर दिया। बम उनके दाहिने हाथ पर फटा। हाथ में गंभीर चोट तो लगी ही, बम के कई छर्रें आंतरिक अंगों, जैसे फेफड़े, लीवर और पेट में भी घुस गए। वे गंभीर रूप से घायल हो गए। जब ड्यूटी पर तैनात आसपास के जवानों को घटना की जानकारी मिली तो उन्होंने पशु-तस्करों की घेराबंदी की, तो अँधेरे का फायदा उठाकर, पशुओं को पीछे छोड़कर ऊँची जंगली घास का सहारा लेकर वे सब भागने में कमयाब रहे। अनीसुर्रहमान का दाहिना हाथ काटना पड़ा। इस घटना के ठीक तीन दिन पहले मालदा क्षेत्र में भी बी.एस.एफ. के एक जवान को पशु-तस्करों ने जान लेने के इरादे से हमला किया था।

सरकारी संरक्षण में फल-फूल रहे ये गौ-तस्कर बी.एस.एफ. के दबाव से बचने के लिए आए दिन तस्करी के नए-नए तरीके इजाद कर रहे हैं। ये तरीके बी.एस.एफ. के सामने नई सुरक्षा चुनौती पेश कर रहे हैं। पश्चिम बंगाल में नदियों की सीमावाले इलाकों में पशु तस्कर मवेशियों के शरीर पर बम बाँधकर उनकी तस्करी कर रहे हैं। इसके पीछे उनकी रणनीति यह है कि बी.एस.एफ. के जवान भयभीत हों और पशुओं से दूर रहें।

जुलाई 2019 में मुर्शिदाबाद की सीमा चैकी हरुडांगा में बी.एस.एफ. का एक जवान केले के पौधों से बंधे एक मवेशी को बाहर खींचने के लिए गंगा की एक सहायक नदी में बोट के साथ उतरा तो उसने पशु के गले में बम बँधा पाया। गलती से भी बम अगर फट जाता तो वह जवान घायल या शहीद भी

हो सकता था। बी.एस.एफ. अधिकारी स्वीकार करते हैं कि सख्ती के कारण तिलमिलाए गौ-तस्कर आपस में सशस्त्र गिरोह के रूप में संगठित होकर गश्ती दलों को घेरने और उन पर हमला करने का मौका तलाशते रहते हैं।

इसके अलावा हौसला बुलंद तस्कर क्रेन से भी पशुओं की तस्करी करते हैं। इसका एक वीडियो पूरे देश में वायरल हुआ था, जिसमें तस्करों को बांग्लादेश सीमा पर पशुओं को बेहद क्रूरता के साथ क्रेन से टाँगकर सीमा पार कराते देखा जा सकता है। पशु-तस्करी के लिए ये लोग कूरियर के तौर पर बच्चों और महिलाओं का भी इस्तेमाल करते हैं। वैसे तो पूरे पश्चिम बंगाल और बांग्लादेश सीमा पर ही पशु-तस्करी की समस्या दिनोदिन बढ़ती जा रही है, लेकिन दक्षिण बंगाल की सीमा पर यह काफी अधिक होती है। केंद्र सरकार पशु-तस्करी रोकने के लिए चाहे जितने भी कठोर कानून बना ले, लेकिन पश्चिम बंगाल में इसे लागू करना संभव नहीं है, क्योंकि लागू करने की जिम्मेदारी जिस ममता बनर्जी सरकार पर वही इसमें पूरी तरह लिप्त है।

तृणमूल कांग्रेस, वामपंथियों और कांग्रेस की सरकारों ने बंगाल में पशु-तस्करी को लेकर कभी भी जनभावनाओं और राष्ट्रहित के बारे में विचार किया ही नहीं। करते भी क्यों, उन्हें इस अवैध धंधे से होनेवाली काली कमाई का हिस्सा जो मिलता था। बहुसंख्यक हिंदू समाज की भावनाओं की अनदेखी करना और मुसलिम समाज की हर उल्टी-सीधी हरकत को आँख मूँदकर समर्थन करना इनकी फितरत बन चुकी है। जब बात हिंदू भावनाओं की आती है, तब ये सब प्रगतिशील बन जाते हैं और मसला मुसलिम समाज की भावनाओं से जुड़ा होता है, तो इनकी प्रगतिशीलता गायब हो जाती है और तरह-तरह के कुतर्क पर उतर आते हैं। मुसलिम डिलिवरी बॉय द्वारा भेजे गए भोजन को अगर एक सनातनधर्मी रद्द करता है तो ये लोग उसकी निंदा करते हैं और जब जोमैटो के कर्मचारियों ने ही बीफ व पोर्क की जबरन डिलिवरी कराने का आरोप लगाते हुए अपनी कंपनी के खिलाफ बगावत का बिगुल बजाया, तो ममता बनर्जी सरकार के मंत्री ने कहा कि किसी भी व्यक्ति को अपने धर्म के खिलाफ जाने के लिए मजबूर नहीं करना चाहिए, यह गलत है।

ये है इनकी प्रगतिशीलता। आज अगर देश भर से इन दलों की जमीन खिसक रही है, तो इसका प्रमुख कारण इन दलों का सैद्धांतिक दोगलापन ही है। ममता बनर्जी सरकार की पोल-पट्टी अब राज्य की जनता समझ चुकी है। पश्चिम बंगाल की राजनीतिक हवा इशारा कर रही है कि अब इस राज्य में जल्द ही निरीह पशुओं की तस्करी और हत्या के वर्षों से से चले आ रहे सिलसिले का अंत अवश्य होगा, इसमें कोई शक नहीं है।

□

बंगाल सरकार ने मदरसों पर क्यों लुटाई 400 करोड़ की ममता

पश्चिम बंगाल की वामपंथी सरकार ने वहाँ के स्कूली बच्चों को भारत के असली इतिहास से महरूम तो किया ही था, अब ममता बनर्जी भी उसी नक्शे-कदम पर चल रही हैं। यह देश के लिए गंभीर चिंता का विषय है कि जिस बंगाल को भारत में पुनर्जागरण का सूत्रपात करने का गौरव प्राप्त है, वहाँ की ममता बनर्जी सरकार ने मुसलिम तुष्टीकरण की राजनीति को एक नई ऊँचाई पर ले जाते हुए मासूम स्कूली बच्चों के अंदर धार्मिक भेदभाव को बढ़ावा देने की नीति पर अमल शुरू कर दिया है।

ममता बनर्जी के नेतृत्व वाले अल्पसंख्यक कल्याण विभाग का सिर्फ एक ही काम रहता है कि राज्य के मुसलमानों के बीच ममता बनर्जी की छवि को कैसे चमकाया जाए, जिससे कि उनका वोट बैंक तृणमूल कांग्रेस के साथ जुड़ा रहे। 2017 में करोड़ों रुपए खर्च करके अल्पसंख्यक कल्याण विभाग ने इतिहास में पहली बार ममता के चित्र वाले कलेंडर छपवा डाले थे। कई मौलवियों ने यह कहते हुए कलेडर का इस्तेमाल करने से मना कर दिया कि इसलाम में किसी जीवित व्यक्ति की फोटो टाँगना हराम है। ममता के इस आत्मघाती आत्मप्रचार की चौतरफा आलोचना हुई, फिर भी उन्होंने किसी-न-किसी तरीके से मुसलिम तुष्टीकरण की राजनीति को हवा देना जारी रखा। 'बाँटो और राज करो' नीति की यह शिक्षा ममता ने अपनी प्रारंभिक पाठशाला कांग्रेस और उच्चस्तरीय पाठशाला वामपंथियों से ग्रहण की है।

ममता बनर्जी ने स्कूली बच्चों को भी अपने वोट बैंक को बचाने के लिए मोहरे की तरह इस्तेमाल करना शुरू कर दिया। यहाँ के सरकारी स्कूल में 10वीं कक्षा की परीक्षा में 'जय श्रीराम' और 'कट मनी' को लेकर सवाल पूछे जाने का मामला सामने आया है। हुगली जिले के अकना हाईस्कूल में 10वीं की परीक्षा में पूछे गए इन सवालों को पढ़कर छात्र दंग रह गए। छात्रों से पूछा गया कि जय श्रीराम के नारे से समाज पर क्या दुष्प्रभाव पड़ रहा है? इसके विकल्प के रूप में सवाल पूछा गया कि कट मनी लौटाकर भ्रष्टाचार पर लगाम लगाने के साहसिक फैसले को आप कैसे देखते हैं? 40 अंक के प्रश्नपत्र में यह सवाल 5 अंकों था। छात्रों को अधिकतम 150 शब्दों में जवाब देना था। जब इस प्रश्नपत्र को लेकर राजनीतिक विरोध के स्वर उठने लगे तो स्कूल प्रशासन ने इन प्रश्नों को रद्द कर दिया। प्रधानाचार्य ने कहा कि इन प्रश्नों को तैयार करनेवाले शिक्षक ने माफी माँग ली है और जिन बच्चों ने इन सवालों का जवाब लिख दिया है, उन्हें अंक दिए जाएँगे। धर्म की राजनीति का राष्ट्रहित की अनदेखी करके अपने फायदे के लिए इस्तेमाल कर रही ममता को 'जय श्रीराम' के नारे से जो नफरत है, उसे राज्य की जनता और देश-दुनिया के हिंदू समाज ने 2019 के लोकसभा चुनावों के दौरान देखा था। राम के प्रति यही नफरत अब ममता और उनके समर्थक राष्ट्रद्रोही राज्य के मासूम नौनिहालों के दिलो-दिमाग में भरने का प्रयास कर रहे हैं। लेकिन राष्ट्रवादी ताकतों के पुनर्जागरण की बयार में उनका यह प्रयास हो जाएगा, यह अभी से दिखने लगा है।

राज्य में धर्म के आधार पर बाँटने के लिए ममता बनर्जी सरकार न सिर्फ करोड़ों रुपए खर्च कर रही है, बल्कि परीक्षाओं में ऐसे-ऐसे सवाल भी पूछे जा रहे हैं, जो इन मासूम बच्चों के कोमल मस्तिष्क में जाकर जहर की तरह असर करेंगे। ममता की इस विभाजनकारी राजनीति के राष्ट्रीय एकता और अखंडता पर घातक परिणाम होंगे। तथाकथित धर्मनिरपेक्ष राजनीतिक दलों ने धर्मनिरपेक्षता का जिस बेशर्मी से दोहन किया है, उसे ममता बनर्जी की सरकार पश्चिम बंगाल में एक नई ऊँचाई पर प्रतिष्ठित करने के लिए

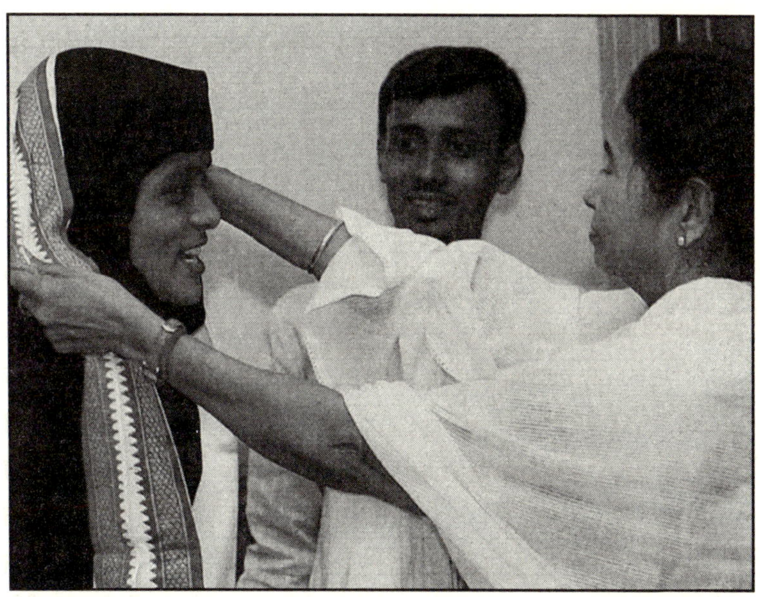

जी–तोड़ मेहनत कर रही है। इस सरकार को न तो राज्य और न ही राष्ट्र की कोई चिंता है। अगर वहाँ की जनता ने ममता की इन हरकतों पर प्रभावी लगाम नहीं लगाई और स्कूली बच्चों के बीच धर्म के आधार पर विभाजन को अभी नहीं रोका, तो इसके घातक दुष्परिणाम होंगे, इसमें कोई दो राय नहीं है।

पश्चिम बंगाल सरकार ने वर्ष 2019–20 के बजट में अल्पसंख्यक मामलों और मदरसों के विकास के लिए राज्य में उच्च शिक्षा के लिए आवंटित धनराशि से अधिक पैसा दिया है। बजट दस्तावेजों से पता चलता है कि राज्य में मदरसों के विकास के लिए 4016 करोड़ रुपए से अधिक की राशि आवंटित की गई, जबकि पूरे राज्य में उच्च शिक्षा के लिए सिर्फ 1964 करोड़ रुपए आवंटित किए गए। यह जानकर आश्चर्य होगा कि ममता ने सार्वजनिक निर्माण विभाग के लिए मात्र 5336 करोड़ रुपए दिए।

उल्लेखनीय है कि वर्ष 2018–19 के बजट में राज्य सरकार ने उच्च शिक्षा के लिए 3713 करोड़ रुपए दिए थे, जिसमें 2019–20 के बजट में मात्र 6.74 फीसदी की वृद्धि की गई है। वहीं पिछले वर्ष मदरसों के विकास

के लिए बजट में 3258 करोड़ रुपए का प्रावधान किया गया था, जिसमें 2019-20 के बजट में ऐतिहासिक 23 फीसदी की बढ़ोतरी करके 4016 करोड़ रुपए कर दिया गया है। यह ममता की वोट बैंक राजनीति का सबसे घटिया और गिरा हुआ स्तर है। किसी भी राज्य का रहनुमा वोट के लालच में इस स्तर तक गिर जाए कि उसे जनता के हित दिखने बिल्कुल बंद हो जाएँ, तो जनता उसका बोरिया-बिस्तर समेटकर इतिहास के कबाड़खाने में धकेल देती है, यह शाश्वत सत्य है।

स्पष्ट है, ममता ने यह कदम राज्य की बरबादी की कीमत पर अपने मुसलिम वोट बैंक को खुश करने के लिए उठाया है। भाजपा के इस आरोप में दम है कि पश्चिम बंगाल में वामपंथी सरकार द्वारा शुरू किए इस खेल के दायरे को ममता बनर्जी लगातार बढ़ाने में जुटी हुई हैं, जिससे कि उनका मुसलिम वोट बैंक पार्टी से दूर खिसकने न पाए। वास्तविकता यह है कि आज बंगाल और देश का प्रत्येक राष्ट्रवादी यही कह रहा है कि ममता का यह निर्णय तुष्टीकरण का सबसे गिरा हुआ स्तर है।

ममता को जनता की गाढ़ी कमाई का 4 हजार करोड़ रुपए राष्ट्रद्रोही गतिविधियों में लिप्त मदरसों को फलने-फूलने के लिए देने से ही मन संतुष्ट नहीं हुआ। उनकी सरकार ने राज्य के स्कूलों के लिए एक सर्कुलर भी जारी किया है। इसमें मिड डे मील योजना के तहत अल्पसंख्यक बहुल स्कूलों में मुसलिम विद्यार्थियों के लिए अलग से भोजन खिलाने के लिए धनराशि दिए जाने का प्रावधान किया गया है। इस आदेश के मुताबिक पश्चिम बंगाल सरकार 70 फीसदी से अधिक अल्पसंख्यक छात्रों वाले स्कूलों में डाइनिंग हॉल बनवाने का फैसला किया है। इससे ममता सरकार पर मिड डे मील के लिए बच्चों में धर्म के आधार पर बँटवारा करने का आरोप लग रहा है।

ममता बनर्जी सरकार के इस नए खेल का खुलासा जून 2019 में उस समय हुआ, जब राज्य के कूच बिहार जिले के मजिस्ट्रेट का आदेश मीडिया में आया। इस आदेश में उन सरकारी और सरकारी सहायता प्राप्त स्कूलों का ब्योरा माँगा गया था, जहाँ पर 70 फीसदी से अधिक अल्पसंख्यक बच्चे पढ़ते

हैं। इन सरकारी स्कूलों में अल्पसंख्यक बच्चों के लिए अलग से मिड-डे मील डायनिंग हॉल बनेगा। आदेश में इन हॉल के निर्माण के लिए प्रस्ताव बनाकर भेजने को भी कहा गया था।

राज्य सरकार के इस सर्कुलर में यह भी कहा गया था कि यह निर्देश राज्य अल्पसंख्यक और मदरसा शिक्षा विभाग की तरफ से जारी किया गया है। जानकारी के लिए बता दें कि मुसलिम तुष्टीकरण में कभी भी कोई कोर-कसर न रहे, इसे ध्यान में रखते हुए ममता बनर्जी ने अपने मंत्रिमंडल का गठन करते समय ही यह विभाग अपने पास रख लिया था और गियासुद्दीन मुल्ला को विभाग का राज्य मंत्री बना दिया। गौर करनेवाली बात यह है कि ममता बनर्जी ने यह आदेश ऐसे समय पर जारी किया, जब तृणमूल कांग्रेस और भाजपा के बीच राजनीतिक प्रतिद्वंद्विता चरम पर है और ममता का जनाधार तेजी से खिसक रहा है। जाहिर है, मुसलिम तुष्टीकरण के पराकाष्ठा की यह कहानी भी ममता की राजनीति के पतन की गाथा का ही एक अहम हिस्सा है।

भारत को सनातन परंपरा की पवित्र आदि भूमि माननेवालों ने इसका प्रखर तरीके से विरोध किया है, जबकि भारत को टुकड़ों में बाँटकर देखनेवाले छद्म धर्मनिरपेक्षवादी राजनीतिक दलों ने इस मुद्दे पर पूरी तरह से चुप्पी साध रखी है। ममता राज में धर्म की खाई बढ़ गई है। यह ममता की विभाजनकारी नीति का ही परिणाम है कि बंगाल में अब मुसलिम बहुल इलाकों में सरकारी स्कूलों में अलग डायनिंग हॉल बनाए जा रहे हैं। ममता सरकार के इस आदेश से शिक्षा के मंदिरों में धार्मिक विभेद पनपने का खतरा पैदा हो गया है। भाजपा का यह भी आरोप है कि ये मुसलमान बच्चों की बहुतायत वाले स्कूलों में मिड डे मील की आड़ में मासूम बच्चों के दिमाग में धर्म के आधार पर बँटवारे की योजना है।

कोई भी सामान्य बुद्धिवाला व्यक्ति यही कहेगा कि मुसलिम बहुल सरकारी व सरकारी सहायता प्राप्त स्कूलों में अलग डायनिंग टेबल की व्यवस्था कर दी गई तो हिंदू विद्यार्थियों का इस पर नकारात्मक असर ही पड़ेगा। लेकिन अल्पसंख्यक वोट बैंक को एकमुश्त अपने पाले में रखने की

कोशिश में जुटी ममता बनर्जी जानबूझकर इसकी अनदेखी कर रही हैं। सब जानते हैं कि पश्चिम बंगाल के सीमावर्ती इलाकों में पिछले कुछ वर्षों के दौरान कुकुरमुत्ते की तरह उग आए मदरसे राष्ट्रीय सुरक्षा के लिए खतरा बन चुके हैं। केंद्र सरकार को भी इस बारे में पुख्ता जानकारी है कि इन मदरसों से हर तरह की गैरकानूनी और राष्ट्रद्रोही गतिविधियाँ संचालित की जा रही हैं, लेकिन राज्य सरकार इस बारे में भी हाथ पर हाथ धरे बैठी है।

मोदी सरकार के दूसरे कार्यकाल के पहले संसद् सत्र में बंगाल के मदरसों को लेकर एक सवाल पूछा गया। केंद्र सरकार ने जवाब दिया कि पश्चिम बंगाल के बर्दवान और मुर्शिदाबाद के कुछ मदरसे बांग्लादेशी आतंकवादी संगठन जमात-उल-मुजाहिदीन के ठिकाने के रूप में काम कर रहे हैं। इन मदरसों से आतंकवादी अपनी गतिविधियों का संचालन कर रहे हैं। लोकसभा में पूछे गए सवालों के जवाब में गृह राज्यमंत्री जी किशन रेड्डी ने बताया कि पश्चिम बंगाल में 2019 के लोकसभा चुनाव पहले, लोकसभा चुनाव के दौरान तथा चुनाव परिणाम आ जाने के बाद हिंसा की कई घटनाओं की सूचना मिली। इस हिंसा में कई लोगों की मौत हुई है और कई घायल हुए हैं। मृतक और घायलों में राजनीतिक दलों में राजनीतिक कार्यकर्ता भी शामिल हैं। उन्होंने सदन को बताया कि इस बारे में राज्य सरकार को नौ जून 2019 को एक परामर्श भी जारी करके राज्य सरकार से कानून व्यवस्था और शांति बनाए रखने की सलाह दी गई थी। उन्होंने कहा कि जानकारी मिली है जमात-उल-मुजाहिदीन (बांग्लादेश) बर्दवान और मुर्शिदाबाद के कुछ मदरसों का इस्तेमाल आतंकवादी और नियुक्ति की गतिविधियों के लिए कर रहा है। इस बारे में ममता बनर्जी सरकार और संबद्ध एजेंसियों को लगातार सलाह दी जा रही है तथा उनसे काररवाई करने को कहा रहा है। उल्लेखनीय है कि भारत सरकार ने बांग्लादेश के इस आतंकी संगठन को प्रतिबंधित कर रखा है।

सोचिए, केंद्र सरकार का गृह मंत्रालय इन मदरसों की गतिविधियों के बारे में काररवाई करने को 'लगातार' कह रहा है, लेकिन ममता बनर्जी के

कान पर जूँ तक नहीं रेंग रही है। वह मदरसों पर लगातार अपनी ममता लुटा रही हैं और इस ममता की कीमत राज्य की जनता की गाढ़ी कमाई का 4016 करोड़ रुपए सालाना के रिकॉर्ड स्तर तक पहुँच गई है। केंद्र की सलाह को मानने के बजाय ममता बनर्जी उलटे यह आरोप लगा रही हैं कि उसने राज्य सरकार द्वारा भेजी गई रिपोर्ट को पेश न करके, संसद् में अपनी ही रिपोर्ट पेश की है, जो पूरी तरह राजनीतिक दुर्भावना से प्रेरित है।

ममता ने विधानसभा में अपनी तरफ से राज्य में मदरसों पर एक रिपोर्ट पेश करते हुए कहा कि हमसे केंद्र सरकार ने 28 जून, 2019 को पूछा था कि क्या सीमावर्ती जिलों के मदरसों में छात्रों को कट्टरपंथी बनाया जा रहा

है। हमने जवाब दिया कि ऐसा कुछ होने का सवाल ही नहीं उठता है। ममता ने विधानसभा में मदरसों पर एक रिपोर्ट पेश करके राज्य के सभी मदरसों को क्लीनचिट दे दी। इसके साथ ही उन्होंने केंद्र की सलाह की अनदेखी करते हुए उलटे भाजपा पर हर चीज का राजनीतीकरण करने का आरोप लगा दिया।

साथ ही उन्होंने यह भी कहा कि केंद्र सरकार की एजेंसियों द्वारा राज्य के सभी विभागों को पत्र भेजवाकर धमकाया जा रहा है। ममता ने कहा कि अपराधी तो अपराधी होते हैं। अल्पसंख्यकों को हर चीज में संलिप्त करना ठीक नहीं। उन्होंने कहा कि पश्चिम बंगाल में 1300 मदरसे चलते हैं। सारे मदरसे आतंकवाद से जुड़े हैं, ऐसा नहीं कहा जा सकता। उन्होंने विश्व हिंदू परिषद की तुलना आतंकी संगठनों से करते हुए कहा कि अमेरिकी खुफिया रिपोर्ट में विहिप को मजहबी आतंकी संगठन के रूप में चिंहित किया गया है। केंद्र सरकार साजिश के तहत ऐसा कर रही है, जिससे कि राज्य के माहौल को गलत तरीके से परिभाषित किया जाए और इसे उसका राजनीतिक लाभ मिल सके।

ममता बनर्जी सरकार मदरसों के आधुनिकीकरण के नाम पर हजारों करोड़ रुपए पानी की तरह बहा रही है। लेकिन हकीकत यही है कि मदरसों का आधुनिक शिक्षा से कोई सरोकार नहीं है। मदरसों के माध्यम से छात्रों को दी जा रही शिक्षा पूरी तरह अपरिवर्तनीय है। परिवर्तन लाना तो बाद की बात है, इसके बारे में सोचने की भी अनुमति नहीं है, क्योंकि मौलवियों की व्याख्या के अनुसार इसलाम की पवित्र पुस्तक कुरान में सबसे पहला शब्द यही है 'जालिकल किताबो ला रईबफीहे' यानी कि कोई शक नहीं इस किताब में अर्थात कुरान में। हदीस पर भी अगर किसी ने शक किया तो उसे इसलाम से खारिज होना पड़ेगा। मदरसों की शिक्षा में जितनी भी आधुनिकता लाने की कोशिश क्यों न की जाए, कुरान उससे पूरी तरह असहमत है। मदरसों में मासूम बच्चों को आज के वैज्ञानिक युग में यही पढ़ाया जाता है कि सूरज और चंद्रमा धरती की परिक्रमा करते हैं। कुरान में बताया गया है कि सूरज कीचड़वाले तालाब में डूबता है। जहाँ कठमुल्ले बच्चों को ऐसी शिक्षा दे रहे

हों, वहाँ आधुनिक शिक्षा की बात सोचना भी बेकार है।

पश्चिम बंगाल में मदरसों को सरकार ने कई हिस्सों तथा अध्ययन पद्यति में विभाजित कर रखा है। राज्य में सरकारी नौकरी के लिए बंगाल शिक्षा बोर्ड द्वारा चयनित बांग्ला साहित्य और थोड़ा-बहुत गणित-विज्ञान आदि की शिक्षा इन उच्च मदरसों में दी जाती है। यह व्यवस्था सिर्फ पश्चिम बंगाल में ही है। यहाँ कुरान व हदीस की शिक्षा नहीं दी जाती है, लेकिन जानकारी रखना जरूरी है। इस तरह के कई मदरसों में अरबी भाषा की शिक्षा दी जाती है। यहाँ के सरकारी आँकड़ों के अनुसार राज्य में कम्युनिस्टों की सरकार ने मदरसों की संख्या को 1977 से 2000 तक 23 वर्षों में 238 से 507 तक पहुँचाया। ममता की मुसलिमपरस्ती अब बंगाल में मदरसों की संख्या 1300 के ऐतिहासिक स्तर पर पहुँच गई है।

देश के साथ समूचा विश्व देख रहा है कि 2014 में नरेंद्र मोदी के नेतृत्ववाली सरकार बनने के बाद से ही आतंकवादी संगठनों का हौसला लगातार पस्त होता जा रहा है। लेकिन बंगाल की ममता बनर्जी सरकार अपने ही घर में सरकारी पैसे से इन आतंकियों को पाल-पोस रही है। केंद्र सरकार अगर राष्ट्रीय सुरक्षा के लिए खतरा बन चुके मदरसों के बारे कोई सवाल पूछ रही है, तो सत्ता के मद में मतवाली ममता को इसमें राजनीति नजर आ रही है। पश्चिम बंगाल में राष्ट्रवादी तूफान आनेवाला है। इस तूफान में ममता के साथ-साथ सभी राष्ट्रद्रोही ताकतों का अंत निश्चित है, इसमें कोई दो राय नहीं है।

धारा 370 समाप्त होने बाद कुछ विपक्षी राजनीतिक दलों का जो नकारात्मक रवैया देश ने देखा, वह इतिहास में काले अक्षरों में दर्ज हो चुका है। आतंकवाद का आका पाकिस्तान बौखलाया हुआ है। पाकिस्तान के प्रधानमंत्री इमरान खान ने खुले आम पुलवामा जैसे आतंकी हमले होने की बात कही है। ऐसे नाजुक माहौल में ममता बनर्जी अपने राजनीतिक स्वार्थ की पूर्ति के लिए जेहादी आतंकियों के साथ खड़ी होकर परोक्ष रूप से दुश्मन की मदद कर रही हैं। कांग्रेस और वाम विचारधारा में दीक्षित ममता बनर्जी की तृणमूल कांग्रेस

सरकार का समूल सफाया बेहद जरूरी हो गया है, क्योंकि यह भारत राष्ट्र की मूल अवधारणा और सनातन परंपरा को चोट पहुँचा रही है।

ममता बनर्जी को क्या इस बात का पता नहीं है कि हजारों-लाखों वर्षों पूर्व सभ्यता के विकास के साथ ही बंगाल की इस धरती ने बारंबार भारत की सनातन परंपरा को दिशा देने का काम किया है। यहाँ के मदरसों में जो कुछ पढ़ाया जा रहा है, उससे हमारी सांस्कृतिक विरासत लगातार कमजोर हो रही है। इसी कमजोरी ने देश के विभाजन में अहम भूमिका निभाई है। यह एक ज्ञात व स्थापित तथ्य है कि जहाँ-जहाँ सनातन परंपरा में विश्वास करनेवालों की आबादी घटी और मदरसा दीक्षित मुसलमानों की आबादी बढ़ी, देश में वहाँ-वहाँ अलगावाद की भावना पुष्ट हुई और जमीन का बँटवारा करके अलग देश बना।

सर्व धर्म समभाव की आड़ में ममता ने जिस तरह से अल्पसंख्यक के नाम पर मुसलिम तुष्टीकरण की राजनीति को अपना हथियार बनाया है, वह समस्त राष्ट्रवादी ताकतों के लिए गहरी चिंता का विषय होना चाहिए। आजादी के बाद से ही देश में इस तरह की राजनीति चल रही है, लेकिन अब इसका अवसान काल आ गया है। सरदार वल्लभ भाई पटेल ने संविधान सभा में कहा था कि जो लोग मजहब के आधार पर समाज को अल्पसंख्यक और बहुसंख्यक में बाँटने की सोच रहे हैं, वे पाकिस्तान चले जाएँ तो अच्छा रहेगा। इसी सभा में बोलते हुए तजम्मुल हुसैन ने कहा था कि हम अल्पसंख्यक नहीं हैं। यह शब्द अंग्रेजों ने दिया है। अंगेजों के भारत से जाने के साथ-साथ अल्पसंख्यक वर्ग भी चला गया है। अब समय आ गया है कि देश से बहुसंख्यक-अल्पसंख्यक राजनीति का समापन हो जाना चाहिए। प्रधानमंत्री नरेंद्र मोदी के 'न्यू इंडिया' में सभी भारतीय हों तो इससे बेहतर कोई बात हो ही नहीं सकती है।

ममता को अपना राजनीतिक अंत साफ-साफ दिखाई दे रहा है। वह देख रही हैं कि 2014 की देश में आई मोदी लहर 2019 में सुनामी में तब्दील हो चुकी है। कांग्रेस, माकपा, भाकपा, सपा, बसपा, नेशनल कॉन्फ्रेंस, पी.डी.

पी., टी.डी.पी. और राजद जैसे कई दल इस सुनामी में इतिहास बनने के कगार पर पहुँच चुके हैं। जाहिर है, ममता की राजनीति भी मोदी-भँवर में फँस चुकी है और उनके सिद्धांतों को जनता कूड़े की टोकरी में फेंकने का मन बना चुकी है।

ममता की मदरसा-मुसलिम तुष्टीकरण की राजनीति की कलई राज्य की जनता के सामने खुल चुकी है। मदरसों में पल रहे इसलामी आतंकवादियों को ममता बनर्जी सरकार द्वारा दिए जा रहे संरक्षण पर लगाम लगाने के लिए केंद्र सरकार को और कदम उठाने से कतई नहीं हिचकना चाहिए। असम में एन.आर.सी. का काम पूरा करने के बाद केंद्र सरकार को इसे पश्चिम बंगाल के सीमावर्ती इलाकों में प्राथमिकता से लागू करना चाहिए, जिससे कि राज्य को इसलामी आतंकवादियों का नया अड्डा बनने से रोका जा सके।

□

अब विफल होगा पश्चिम बंगाल के इसलामीकरण का ममतामयी प्रयास

एक सोची-समझी साजिश के तहत जिस तरह से पश्चिम बंगाल को आधार बनाकर जनसांख्यिकी में बदलाव करके भारत का इसलामीकरण करने का प्रयास किया जा रहा है, अब उसका पटाक्षेप करने का सही अवसर आ गया है। अगर 130 करोड़ की जनता के स्पष्ट आदेश से बनी केंद्र सरकार सात दशक से अधिक समय से नासूर बन चुकी जम्मू-कश्मीर की समस्या पर नस्तर चला सकती है, तो वह इन राष्ट्रविरोधी हरकतों का भी मुँहतोड़ जवाब दे सकती है। सरकार को पश्चिम बंगाल में आजादी के बाद से लगातार बिगड़ रहे जनसांख्यिकीय असंतुलन को समाप्त करने के बारे में ठोस कदम उठाना ही पड़ेगा, यह समस्या एक दिन विकराल रूप धारण कर लेगी और भारत राष्ट्र की एकता व अखंडता के लिए एक बहुत बड़ी चुनौती बन सकती है।

पश्चिम बंगाल में आबादी के बिगड़े संतुलन को समझने के लिए हमें थोड़ा विस्तार में जाना होगा। इससे समस्या की असली जड़ को समझने में आसानी होगी। देश के संविधान में साफ-साफ लिखा है कि हर नागरिक के अधिकार के साथ कर्तव्य भी चलते हैं। लेकिन यह खेदजनक तथ्य है कि पश्चिम बंगाल के सीमावर्ती इलाकों में राज्य सरकार द्वारा घुसपैठ व तस्करी निहित राजनीतिक स्वार्थों के चलते दी फिजूल की शह के कारण यहाँ पर बदले स्वरूपवाली मुसलिम आबादी का कर्तव्यों से कोई लेना-देना

नहीं है। ये अपना ही देश छोड़कर आकर बस रहे हैं, इसलिए इनसे भारत के प्रति किसी तरह के लगाव, जुड़ाव, प्रेम अथवा निष्ठा की अपेक्षा करना ही मूर्खता होगी।

देश की राजनीतिक दशा-दिशा का नजारा यह है, आज भाजपा और उसके अधिकतर सहयोगी दलों को छोड़कर देश की मुख्य राजनीतिक धारा के लगभग सभी विपक्षी दल बांग्लादेश से हो रही मुसलमानों की घुसपैठ और अवैध आवाजाही पर मौन साधे हुए हैं। इसका प्रमुख कारण यही है इनका मुसलिम वोटबैंक नाराज हो जाएगा। मुसलमान बहुल जनसंख्यावाले कई लोकसभा व विधानसभा सीटों पर इनके ही मतों से ये दल जीत हासिल करते आ रहे हैं। ऐसे में इनके मौन का रहस्य सहज ही समझ में आ जाता है।

वर्ष 2011 में हुई धार्मिक समुदायों की जनगणना के आँकड़े बेहद चिंताजनक और हैरान कर देनेवाले हैं। पश्चिम बंगाल में 2001 की जनगणना के दौरान मुसलिम समुदाय की हिस्सेदारी 25.2 फीसदी थी, जो 2011 में बढ़कर 26.94 फीसदी हो गई। राज्य की कुल आबादी के लिहाज से 2001 के मुकाबले यह वृद्धि दर 21.81 प्रतिशत रही। राष्ट्र विभाजन के बाद देश में हुई पहली जनगणना 1951 में हुई थी। इस जनगणना में पश्चिम बंगाल में मुसलमानों की कुल जनसंख्या 49,25,496 थी, जो कि 2011 में बढ़कर 2,46,54825 हो गई। भारत के जनगणना आयुक्त की रिपोर्ट के अनुसार, 2011 में पश्चिम बंगाल में हिंदुओं की 10.8 फीसदी दशकीय वृद्धि की तुलना में मुसलिम जनसंख्या की दशकीय वृद्धि 21.8 फीसदी दर्ज की गई है। जाहिर है, राज्य में मुसलमानों की आबादी में यह वृद्धि दर दो गुने से भी अधिक है।

समस्या की गंभीरता को समझने के लिए यहाँ जनगणना से जुड़े एक और वैज्ञानिक तथ्य टी.एफ.आर., यानी कुल प्रजनन दर पर भी एक नजर डालना जरूरी है। सरल शब्दों में कहें तो एक महिला द्वारा अपने प्रजनन काल में पैदा किए गए बच्चों की औसत संख्या को टी.एफ.आर. कहा जाता है। वर्ष 2001 की जनगणना पर आधारित एन.एफ.एच.एस. ने एक अध्ययन किया है। इस अध्ययन से पता चलता है कि पश्चिम बंगाल के सभी जिलों

में हिंदू महिलाओं की तुलना में मुसलिम महिलाओं का टी.एफ.आर. काफी अधिक था। हिंदू महिलाओं का टी.एफ.आर. जहाँ मात्र 2.2 था, वहीं मुसलिम महिलाओं में यह 4.1 होने का अनुमान लगाया गया था। पश्चिम बंगाल में मुसलमानों की जनसंख्या और धार्मिक अनुपात में उनकी आनुपातिक हिस्सेदारी में बेतहाशा वृद्धि के पीछे इस समाज की महिलाओं के अधिक टी.एफ.आर. की एक अहम भूमिका स्पष्ट रूप से उभरकर सामने आती है।

वर्ष 2001 में पश्चिम बंगाल के कुछ जिलों जैसे मुर्शिदाबाद (63.67 फीसदी), मालदा (49.72 फीसदी), उत्तर दिनाजपुर (47.36 फीसदी), बीरभूम (35.08 फीसदी) और दक्षिण चौबीस परगना (33.2 फीसदी) में मुसलमानों की आबादी में दर्ज की गई वृद्धि दर अप्रत्याशित थी। राज्य में जिलों में लगभग एक समान सामाजिक पर्यावरण है। इसके मद्देनजर अकेले सिर्फ महिलाओं की प्रजनन क्षमता को ही इस अप्रत्याशित व अभूतपूर्व जनसंख्या वृद्धि का एकमात्र कारण माना नहीं जा सकता है। ऐसा न मानने के पीछे प्रमुख कारण यह है कि जनसंख्या वृद्धि के आँकड़ें इतने अधिक हैं कि प्राकृतिक रूप से मानव उत्पत्ति संभव नहीं है। इससे यही तथ्य पुख्ता होता है कि इस वृद्धि के पीछे बांग्लादेश के मुसलमानों की पश्चिम बंगाल में लगातार, बेतहाशा घुसपैठ हो रही है।

इसे पश्चिम बंगाल का दुर्भाग्य ही कहा जाएगा कि राज्य की सत्ता पर काबिज तृणमूल कांग्रेस, कांग्रेस और वामदलों ने इसे वोटबैंक की राजनीति से जोड़ रखा है। यही वह प्रमुख कारण है, जिसकी वजह से जेहादी ताकतों का यह जनसांख्यिकीय हमला बगैर किसी रोक-टोक के धड़ल्ले से चल रहा है। इस मौन हमले को नजरअंदाज करने का मतलब है राष्ट्रहित की अनदेखी करना। जो लोग भारत में मुसलमानों पर जुल्म का रोना रोते हैं, उन्हें इन आँकड़ों पर भी नजर डाल लेनी चाहिए कि भारत में मुसलमानों की दशकीय जनसंख्या वृद्धि 24 फीसदी के मुकाबले पाकिस्तान में 20 फीसदी और बांग्लादेश में मात्र 14 फीसदी रही है।

भारत में जेहादियों द्वारा चलाए जा रहे घुसपैठ रूपी मौन युद्ध या छद्म

युद्ध, प्रलोभन से धर्म–परिवर्तन तथा परिवार नियोजन व जनसंख्या नियंत्रण जैसी राष्ट्रीय समस्या को धर्म की आड़ लेकर असहयोग कर रहे कठमुल्लों व उनके अनुयायियों की वजह से यह संभव हो पाया है, इसमें कोई दो राय नहीं है। वास्तविकता यह है कि मुसलमानों के इस जेहाद के कारण देश की बहुसंख्यक हिंदू आबादी का जीवन दिनोदिन कठिन होता जा रहा है।

बंगाल की सरकार भी एक सीमा के बाद इस असहनीय बोझ को सहन नहीं कर सकती है, क्योंकि यहाँ के संसाधन भी सीमित हैं। जाहिर है, यह आबादी धीरे–धीरे, चोरी–चुपके से देश के अन्य राज्यों में भी कैंसर की तरह फैल रही है। आज देश का शायद ही कोई राज्य बचा होगा, जहाँ बांग्लादेशी मुसलमानों की समस्या न हो। पश्चिम बंगाल के बाद अगर बांग्लादेशी घुसपैठियों की समस्या से परेशान जिन राज्यों के नाम सामने आ रहे हैं तो वे असम और बिहार हैं। इन राज्यों की बांग्लादेश से सीमा सटी है। इन तीनों राज्यों में कुल 10 से 15 जिले ऐसे हैं, जहाँ मुसलिम आबादी हिंदुओं की तुलना में काफी अधिक हो चुकी है।

1951 से देश में हुई हर जनगणना के आँकड़े यह बताते हैं कि पश्चिम बंगाल के औसत की तुलना में हिंदुओं की दशकीय वृद्धि दर कम ही रही है। इस बात का भी साफ पता चलता है कि मुसलमानों की आबादी में दशकीय वृद्धि पश्चिम बंगाल की कुल आबादी की समेकित दशकीय वृद्धि की तुलना

में काफी अधिक रही। हिंदू जनसंख्या की वृद्धि दर के मुकाबले मुसलमानों की जनसंख्या वर्ष 1981 में 8.18 फीसदी अंक, 1991 में 15.80 फीसदी अंक, 2001 में 11.68 फीसदी अंक और 2011 में 11 फीसदी अंक अधिक दर्ज की गई। इतना ही नहीं राज्य में मुसलिम जनसंख्या वृद्धि दर यहाँ की औसत दशकीय वृद्धि की तुलना में 7.87 अंक अधिक रही। जनसांख्यिकीय दृष्टिकोण से लगातार एक लंबे तक वृद्धि दर में इतना अंतर बेहद चिंताजनक बात है।

स्पष्ट है, 1947 में देश के बँटवारे के बाद हुई प्रत्येक जनगणना में हिंदुओं का संख्याबल जहाँ कमजोर हुआ है, वहीं इसकी तुलना में मुसलमानों की आबादी तेजी से बढ़ी है। इस तीव्र वृद्धि के पीछे कई कारण जिम्मेदार रहे हैं। सबसे प्रमुख कारण यही है कि एक विशेष इलाके में घुसपैठ करके, अवैध तरीके से दस्तावेज बनाकर धार्मिक आधार पर जनसंख्या को बढ़ाकर देश के एक नए बँटवारे का अभियान चलाना। इस मुहिम में कठमुल्लों की भूमिका काफी होती है। पश्चिम बंगाल के सीमावर्ती इलाकों में बांग्लादेशी मुसलमानों की घुसपैठ कोई नई बात नहीं है। सीमापार महज कुछ किलोमीटर के दायरे में बसी मुसलिम आबादी नकली मुद्रा और पशु–तस्करी की कमाई का एक हिस्सा इसी तरह की मुहिम में खर्च कर रही है। सीमावर्ती इलाकों में चमचमाती मसजिदें इसकी गवाही दे रही हैं। देश की सुरक्षा एजेंसियों ने इस खतरे के बारे केंद्र सरकार को कई बार आगाह किया है। इसके बावजूद राज्य सरकार के असहयोग के कारण केंद्र को वांछित सफलता नहीं मिल पाती है।

कठमुल्ले मुसलिम समाज के बच्चों को मदरसों और मसजिदों तक ही सीमित रखते हैं, जिससे कि उनकी जहालत का फायदा दूरगामी लक्ष्य, यानी दारुल हरब को दारुल इसलाम में बदलने में उठाया जाए। ये कठमुल्ले महिलाओं के स्वास्थ्य की अनदेखी करके उनके पतियों को अधिक संतान पैदा करने को प्रेरित करते हैं, परिवार नियोजन का बहिष्कार करने को कहते हैं।

ये कठमुल्ले जन्म नियंत्रण के वैज्ञानिक तरीकों को गैर–इसलामी बताते हैं और बच्चों को अल्लाह की देन बताकर उनके दिमाग में यह बात अच्छी

तरह से बैठा देते हैं कि जिसने जन्म दिया है, वही पेट भी भरेगा। कठमुल्लों द्वारा इनको बताया जाता है कि परिवार में जितने अधिक लोग होंगे, कमाने वाले सदस्यों की संख्या भी उतनी ही अधिक होगी। इस मानसिकता के कारण मुसलमानों की आबादी बेतहाशा बढ़ रही है। यह आबादी राज्य के संसाधनों को लगातार लूट रही है और ममता बनर्जी की सरकार आँखें बंद करके इनको भरपूर सहायता दे रही है।

पश्चिम बंगाल की यह समस्या कई अन्य सीमावर्ती राज्यों में भी कैंसर की तरह फैल रही है। प्रलोभन देकर गरीब हिंदुओं का धर्म-परिवर्तन कराना भी इनकी रणनीति का एक अहम हिस्सा है। सबसे बड़ी चिंता की बात यह है कि मुसलिम समाज के पढ़े-लिखे लोगों की भी एक बहुत बड़ी आबादी कठमुल्लों की शिक्षा को आँख बंद करके मानती आ रही है। परिवार नियोजन को हिंदू समाज ने अपनाया है, तो मुसलिम समाज लगातार इसकी अनदेखी कर रहा है। इसके पीछे उनकी यही गंदी सोच काम कर रही है कि हिंदुस्तान को संख्याबल की सहायता से इसलामी देश में तब्दील करना है, भले ही इस लक्ष्य को हासिल करने में सौ साल का समय लग जाए, लेकिन हासिल करने का संकल्प पक्का है। किसी भी राष्ट्रविरोधी, गलत संकल्प के समापन के लिए जरूरी है कि राष्ट्रवादी विचार को हर स्तर पर तेजी से मजबूती दी जाए। यह काम बेहद जरूरी है और पश्चिम बंगाल में इस काम को तत्काल युद्ध स्तर पर शुरू कर देना चाहिए।

पश्चिम बंगाल में तेजी से बढ़ती मुसलिम आबादी हम सबके लिए यह चेतावनी लेकर आई है कि देश एक और बँटवारे की तरफ चुपके-चुपके आगे बढ़ रहा है। कई पढ़े-लिखे जेहादी प्रवृत्ति के मुसलमानों को यह कहते हुए सुना जा सकता है कि हँस के लिया है पाकिस्तान, लड़ के लेंगे हिंदुस्तान। यह देश के मुसलिम समुदाय का वह वर्ग है, जो धार्मिक रूप से कट्टर है। यह वर्ग सऊदी अरब से निकलनेवाली सलाफी-वहाबी विचारधारा को माननेवाला है। सलाफी-वहाबी विचारधारा कुरान की अलग तरीके से व्याख्या करती है और इसके तहत मुसलमानों की पहली तीन पीढ़ियों द्वारा

तय किए गए सामाजिक मूल्यों पर चलने को कहा जाता है। इसलाम को मानने वाले अन्य वर्ग के लोग भी इस तथ्य को जानते हैं और समय-समय पर इसके विरोध में आवाज उठाते रहे हैं।

ऑल इंडिया तंज़ीम उलेमा-ए-इसलाम के अध्यक्ष मौलाना अशफ़ाक हुसैन कादरी इसलाम जैसे कई विद्वान् वहाबी मत को सारे मुसलिम आतंकवाद की जड़ मानते हैं। यह संगठन बरेलवी विचारधारा के सूफी मतों का अखिल भारतीय संगठन है। फरवरी 2016 में आतंकवाद के विरुद्ध आयोजित एक सम्मेलन में मौलाना अशफाक ने कहा था कि दुनिया में मुसलिम आतंकवाद के पीछे एक ही कारण है और वह है वहाबी नजरिया। उन्होंने कहा था कि भारत और पाकिस्तान में जो भी आतंकवादी संगठन हैं, उन पर वहाबी सोच का असर है और वह इसी नजरिए के नुमाइंदे हैं। उन्होंने सुझाव दिया था कि भारत को भी चाहिए कि रूस के राष्ट्रपति व्लादीमिर पुतिन और बांग्लादेश की प्रधानमंत्री शेख हसीना की तरह ही वहाबियत पर लगाम लगाए और सूफी मत को प्रोत्साहित करे, क्योंकि वहाबी मत सारे आतंकवाद की कोख है।

बता दें कि वहाबी संप्रदाय इसलाम की एक शाखा है, जो सलाफी विचारधारा से ही निकली है। यह विचारधारा कट्टरता की पोषक है। दुनिया के अधिकतर वहाबी कतर, सऊदी अरब और संयुक्त अरब अमीरात के निवासी हैं। सऊदी अरब के लगभग 23 फीसदी लोग वहाबी हैं। कहने के लिए यह मुसलिम धर्म का पहला सुधारवादी आंदोलन था। पश्चिमी सभ्यता के प्रभावों के विरुद्ध इसलामी जगत् में जो प्रतिक्रिया हुई, उसे बहावी आंदोलन के नाम से जाना जाता है। बहावी आंदोलन के नेता शाह वालीउल्लाह थे, लेकिन आंदोलन का संस्थापक सैयद अहमद बरेलवी (1786-1831 ई.) था। वह उत्तर प्रदेश के रायबरेली का रहने वाला था। उसका जन्म शहर के एक नामी-गिरामी परिवार में हुआ था, जो खुद को पैगंबर हजरत मुहम्मद का वंशज मानता था। वह 1821 में मक्का गया, जहाँ उसकी अब्दुल वहाब नाम के एक व्यक्ति से मित्रता हुई। अब्दुल वहाब के विचारों से अहमद बरेलवी अत्यंत प्रभावित हुआ और एक कट्टर धर्मयोद्धा के रूप में भारत वापस

लौटा। अब्दुल वहाब के नाम से इस आंदोलन का नाम वहाबी आंदोलन रखा गया। यह एक सुधारवादी आंदोलन था, लेकिन यह पंजाब में सिख शासन के विरुद्ध हो गया, जिसके अंतर्गत दारुल हर्ब और दारुल इसलाम की अवधारणा दी गई, लेकिन पंजाब में सिखों के बाद ब्रिटिश राज स्थापित होने के बाद यह उनके विरुद्ध हो गया, जिसे कंपनी ने समाप्त कर दिया।

'सलाफवाद' का उदय 19वीं शताब्दी के मध्य में धर्मग्रंथ संबंधित सुधार आंदोलन के रूप में हुआ। सलाफवाद मुख्य रूप से इसलाम के पवित्र, शुद्ध और मिलावट रहित रूप, जिसे पैगंबर मोहम्मद साहब और उनके साथियों द्वारा अमल में लाया गया, उसे समाज में फिर से स्थापित करने के लिए शुरू किया गया था। सलाफी विचारधारा कई इसलामिक परंपरा से जुड़ी बातों को खारिज करती है, जिसमें सूफी परंपरा, संतों में विश्वास, कुरान और हदीस को खारिज करनेवाले शामिल हैं। सलाफी आंदोलन मुख्य तौर पर सुन्नी इसलामिक परंपरा से जुड़ा है, जो शिया इसलामिक परंपरा को पूरी तरह खारिज करता है, सलाफी मुख्य रूप से तवाहिब (ईश्वर की एकता) में विश्वास रखते हैं। साथ ही ये गैर-विश्वास वाले और उन मुसलमानों को सबसे बड़ी चुनौती मानते हैं, जो अपने मार्ग से भटके हुए हैं।

गौर करनेवाली बात यह है कि सलाफी आंदोलन कोई एक आंदोलन नहीं है, बल्कि कई आंदोलन इससे जुड़े हुए हैं। हिंसा के मुद्दे को लेकर सलाफी दो भागों में विभाजित है। एक वह समूह, जो हिंसा की आलोचना करता है और दूसरा वह समूह, जो इसलामी व्यवस्था की स्थापना के लिए हिंसा को मुख्य साधन मानता है। इसलाम के अध्ययनकर्ताओं ने सलाफी आंदोलन को तीन भागों में बाँटा है। पहला शुद्धतावादी सलाफी, जो राजनीतिक रूप से निष्पक्ष रहते हैं। ये लोग अपने विश्वासों की प्राप्ति के लिए शांतिपूर्ण साधन का इस्तेमाल करते हैं और अपने अध्ययन-अध्यापन से समाज को इसलामिक बनाना चाहते हैं। इसमें मदरसों और मसजिदों से जुड़े कठमुल्लों की बहुलता है। दूसरा है, राजनीतिक सलाफी, जो राजनीतिक क्षेत्र में सक्रिय होते हैं, राजनीतिक विवादों में भागीदारी करते हैं, जिससे कि

राज्य-व्यवस्था में शरिया कानून को लागू किया जा सके। तीसरी श्रेणी में ऐसे जिहादी सलाफी आते हैं, जो मूल रूप से इसलामिक ज़िंदगी को थोपना चाहते हैं और गैर विश्वासवाले लोगों पर हिंसा का प्रयोग करते हैं। ये दारुल इसलाम को पुन: स्थापित करना चाहते हैं। सलाफी आंदोलन का महत्त्वपूर्ण रूप, जो आज प्रसिद्ध है, वह वहाबवाद है, जो इब्न अब्द अल वहाब के विचारों से जुड़ा है।

उक्त तथ्यों से स्पष्ट है कि सलाफी-वहाबी आंदोलन ने आज के कट्टर इसलाम की बुनियाद तैयार की है। यह समूह उग्र शुद्धतावादी यानी रैडिकल होने का दावा करता है। यह समूह इसलाम की जड़ों को मान्यता देता है और इसलाम की असल शुद्धता को प्राप्त करना चाहता है। ये लोग इसलाम की शुद्धता की प्राप्ति के लिए जेहाद को एक आवश्यक हथियार मानते हैं। आई.एस.आई.एस., अल कायदा, तालिबान, लश्करे तोयबा जैसे हजारों संगठन इस समय समूचे विश्व में जेहाद के नाम पर आतंकवाद फैलाकर इसी वहाबी इसलाम को स्थापित करने की कोशिश में हैं। अलग समूहों में बँटे होने के कारण इन पर एक साथ ठोस काररवाई कर पाना बेहद मुश्किल काम है। भारत अपने देश की सीमा पर इस तरह की गतिविधियों में लिप्त लोगों

के खिलाफ काररवाई तो करने में सक्षम है, लेकिन पश्चिम बंगाल की ममता बनर्जी सरकार अपने राजनीतिक हितों को साधने के इरादे से इन्हीं लोगों का संरक्षण करने की कोशिश में है।

भारत को निशाने पर लेनेवाले इन जेहादियों के गुणा-गणित को समझना आज के समय की माँग है। विशेष रूप से हर राष्ट्रवादी व्यक्ति को इसे समझना ही चाहिए। जब देश का बँटवारा हुआ तो उस समय देश में मुसलिम आबादी 20 फीसदी थी। इस 20 फीसदी के सहारे पूर्वी और पश्चिमी पाकिस्तान के रूप में देश के दो टुकड़े कर दिए गए। ऊपर से जम्मू-कश्मीर की समस्या एक नासूर बनाकर छोड़ दी गई थी, जिसका खामियाजा देश अभी तक भुगत रहा है। वहाँ की शासन व्यवस्था को अपने हाथ में लेने के बाद अब शेष भारत में अपनी आबादी को फिर 20 फीसदी तक पहुँचाना इनका अगला लक्ष्य है। देश में अल्पसंख्यक के नाम सिर्फ और सिर्फ मुसलिम तुष्टीकरण की जिस राजनीति को तथाकथित धर्मनिरपेक्ष दलों ने आगे बढ़ाया, उससे देश का काफी नुकसान हो चुका है। इस नुकसान की भरपाई करना बेहद आवश्यक है, वरना इतिहास में हमारी इस पीढ़ी का नाम काले अक्षरों में ही लिखा जाएगा।

हर गलत-सही तरीके से मुसलमानों की आबादी बढ़ाने की यह रणनीति हँसकर ही नहीं, लड़कर, रक्तपात करके भारत को दारुल इसलाम में तब्दील करने के इरादे से अमल में लाई जा रही है। इसकी वजह से पश्चिम बंगाल की जमीन पर संसाधनों के दोहन का बोझ लगातार बढ़ता जा रहा है। ममता सरकार की शह पर केंद्र की जनोपयोगी योजनाओं का फायदा भी ये लोग धड़ल्ले से उठा रहे हैं। सरकारी स्वास्थ्य सेवा हो या फिर रोजगार स्थानीय जरूरतमंदों को नहीं मिल पाता है, क्योंकि हर गलत काम में माहिर बांग्लादेशी घुसपैठिए और जेहादी तत्त्व बड़ी आसानी से छल-कपट करके इसे भी हड़प लेते हैं। ममता की तुष्टीकरण राजनीति के कारण ही राज्य में बेरोजगारी लगातार बढ़ रही है। बेरोजगार युवाओं के लिए अगर जल्द ही रोजगार के उपाय नहीं किए गए तो पश्चिम बंगाल में कानून व्यवस्था बद से बदतर होगी

और चोरी, डकैती, लूट, हत्या जैसी घटनाओं से अपराध भी बढ़ेंगे।

यह एक सर्वमान्य सच है कि किसी भी राष्ट्र या राज्य के सामाजिक, सांस्कृतिक और आर्थिक उत्थान में वहाँ की आबादी की सबसे बड़ी भूमिका होती है। वस्तुतः राष्ट्र व राज्य का निर्माण वहाँ रहनेवाली आबादी के मूल्यों, विचारों, उनकी संस्कृति, सभ्यता और आस्था के आधार पर ही होता है। भारतीय राष्ट्र की अवधारणा भी इन्हीं मूल्यों की बुनियाद पर अनादिकाल से आधारित रही है। विभिन्न कालखंडों में बाहरी हमलों के कारण इसे कई बार नष्ट करने का प्रयास भी हुआ, लेकिन बुनियाद की मजबूती के कारण भारत की मूल आत्मा कभी नष्ट नहीं हो पाई। इन्हीं मूल्यों की बदौलत कश्मीर से लेकर कन्याकुमारी और कटक से लेकर भरूच तक तमाम विविधताओं के साथ भारत राष्ट्र की अवधारणा लगातार मजबूत हो रही है। लेकिन बेताहाशा बढ़ रही जनसंख्या हमारे विकास के रास्ते का सबसे बड़ा रोड़ा बन रही है। सरकारी योजनाओं की विफलता के पीछे यह जनसंख्या वृद्धि ही प्रमुख कारण है।

तिहत्तरवें वें स्वतंत्रता दिवस के मौके पर प्रधानमंत्री नरेंद्र मोदी ने जनसंख्या विस्फोट की समस्या का उल्लेख करके साफ बंगाल और देश भर के राष्ट्रवादियों के दिलोदिमाग में मँडरा रही राष्ट्रीय चिंता के समाधान का साफ संकेत दे दिया है। उन्होंने धारा-370 के अवांछित प्रावधानों को समाप्त करने का जो ऐतिहासिक फैसला किया है, अब उम्मीद बँधी है कि वह जनसंख्या नियंत्रण के लिए भी जल्द ही ठोस कदम उठाएँगे। प्रधानमंत्री ने लालकिले की प्राचीर से देशवासियों को संबोधित करते हुए कहा कि बढ़ती जनसंख्या चिंता का विषय है। हमें जनसंख्या नियंत्रण पर ध्यान देने की जरूरत है। उन्होंने जनता से अपील की वह इस बारे में जागरूकता फैलाने का काम करे। उन्होंने कहा कि हमारे यहाँ बेतहाशा जो जनसंख्या विस्फोट हो रहा है, वह हमारी आनेवाली पीढ़ियों के लिए अनेक संकट पैदा कर सकता है। उन्होंने कहा कि देश में एक जागरूक वर्ग है, जो इस बात को भलीभाँति समझता है। वह अपने घर में शिशु को जन्म देने से पहले सोचता है कि मैं

उसके साथ न्याय कर पाऊँगा कि नहीं। प्रधानमंत्री ने इस वर्ग को राष्ट्रभक्त करार देते हुए कहा कि जो लोग सीमित परिवार के फायदे को समझ रहे हैं, वे सम्मान के पात्र हैं। उन्होंने कहा कि आबादी समृद्ध हो, शिक्षित हो तो देश को कोई आगे बढ़ने से रोक नहीं सकता है।

इस विषय को को 1970 के दशक के उत्तरार्ध में तत्कालीन इंदिरा गांधी सरकार ने समझा था, संजय गांधी के नेतृत्व में कांग्रेस के एक वर्ग ने नसबंदी अभियान चलाया था। उस समय देश में शिक्षा का अधिक प्रसार नहीं हुआ था। जनसंख्या की समस्या को लेकर जनता के बीच जागरूकता को घोर अभाव था। इसका हर तरफ विरोध हुआ था, क्योंकि जनता को लगा कि यह तरीका तानाशाहीवाला है। दुर्भाग्य से यह वह समय था, जब देश में आपातकाल भी लगा था। 1977 के लोकसभा चुनाव में कांग्रेस को पहली बार करारी हार का सामना करना पड़ा था। इस हार के पीछे आपातकाल के साथ नसबंदी को भी प्रमुख कारण माना जाता था। इसका परिणाम यह हुआ कि बाद में किसी भी सरकार ने इस समस्या के समाधान के लिए काई ठोस पहल नहीं की।

मोदी सरकार ने अपने दूसरे कार्यकाल के मात्र 75 दिन के भीतर जिस तरह से राष्ट्रहित में चुनावी लाभ-हानि के गणित से ऊपर उठकर एक से एक ऐतिहासिक फैसले लिये, उसे देखते हुए यह कहा जा सकता है कि आनेवाले समय में केंद्र सरकार इस समस्या के समाधान के लिए जन-जागरण से भी दो कदम आगे बढ़कर ऐसे ठोस व सकारात्मक निर्णय लेगी, जिसका विरोध नहीं होगा। सरकार को अपने कार्यक्रमों, जनोपयोगी नीतियों, योजनाओं और सेवाओं में दो बच्चे पैदा करनेवालों के लिए तरजीह देने की नीति पर अमल करना चाहिए। दो से अधिक बच्चे पैदा करने की प्रवृत्ति को हतोत्साहित करने के लिए सरकार को तीन व उससे अधिक बच्चों के अभिभावकों को हर तरह की सरकारी सुविधाओं से वंचित कर देने की नीति पर जल्द-से-जल्द अमल करना चाहिए।

देश की लोकतांत्रिक व्यवस्था में अल्पसंख्यक समाज के लिए जो छूट

दी गई है, उसका नाजायज फायदा उठाने में मुसलिम समाज का एक वर्ग सबसे आगे है। यह समाज जनसंख्या नियंत्रण के उपायों का खुलेआम विरोध लगातार करता आ रहा है। इसे राष्ट्र की जरा सी भी चिंता नहीं है। संसाधनों पर हक जमाने के लिए यही वर्ग सबसे आगे रहता है। देश में गरीबी के मूल कारणों में से जनसंख्या विस्फोट एक प्रमुख कारण बना हुआ है। राष्ट्रघाती तत्त्वों पर लगाम लगाने के लिए जनसंख्या नियंत्रण के उपायों को लागू करना बेहद जरूरी है। यदि हमें बंगाल सहित पूरे देश में हो रहे बहुआयामी क्षरण को रोकना है तो इस काम को प्राथमिकता के आधार पर करना होगा। कानून ऐसा बनना चाहिए कि मुसलिम समाज सहित सभी धर्मावलंबी अपनी-अपनी आस्था के अनुसार शांतिपूर्वक जीवन-यापन करें और सरकार की पहल को लेकर समाज में किसी तरह के शक की कोई गुंजाइश न रहे।

इसके साथ ही सरकार को असम में एन.आर.सी. लागू करने बाद अब पश्चिम बंगाल में भी लागू करना चाहिए। इसके साथ ही मुसलिम समाज के बच्चों की शिक्षा व्यवस्था के लिए ऐसे प्रबंध करने होंगे, जो उन्हें राष्ट्र की मुख्य धारा से जुड़ने में मदद कर सके। बांग्लादेश से सीमावर्ती इलाकों से हो रही घुसपैठ और तस्करी की समस्या के कारगर समाधान के लिए सरकार को नवाचारी उपायों को अपनाने के बारे में भी गंभीर पहल शुरू करनी चाहिए। जो लोग सीमावर्ती इलाकों में आकर अवैध रूप से बस चुके हैं, उनकी पहचान करके वापस बांग्लादेश भेजने के पुख्ता उपाय करने होंगे। इतना ही नहीं जनसंख्या में पैदा हुए असंतुलन को दूर करने के लिए भी सरकार को ठोस पहल करनी होगी।

भारतीय पौराणिक इतिहास के ग्रंथों जैसे मत्स्य पुराण और गरुड़ पुराण में युग-धर्म का विस्तार से वर्णन किया गया है। इसी संदर्भ में चौथी ईसवी सदी तक समस्त भारत में युग-धर्म को लेकर एक श्लोक प्रसिद्ध हो हो गया था, जो आज के समय में भी शाश्वत सत्य की तरह उदाहरण के रूप में प्रस्तुत किया जाता है। श्लोक इस प्रकार है—**'त्रेतायां मन्त्र शक्ति च ज्ञान शक्ति कृते युगे। द्वापरे युद्ध शक्ति च संघे शक्ति कलियुगे'**। इसका अर्थ है

कि सतयुग में सत् की शक्ति का प्रयोग होता है, त्रेता युग में मंत्र की शक्ति से काम चलता है, द्वापर युग में युद्ध की शक्ति काम आती है और कलियुग में संगठन की शक्ति का प्रयोग किया जाता है, तभी सफलता मिलती है।

अब बंगाल की जनता के बीच यह विश्वास पुष्ट हो चुका है कि संगठन की शक्ति के सहारे ममता के कुशासन से मुक्ति संभव है। इस विश्वास पर आगामी विधानसभा चुनाव में राज्य की जनता अपनी मुहर लगा देगी। राज्य की जनता सत्ताधारी स्वार्थी वामपंथी व छद्‌म धर्मनिरपेक्ष दलों को उनकी सही जगह पर भेज देगी, यह साफ दिख रहा है। पश्चिम बंगाल सहित समस्त भारतवर्ष में इस ऐतिहासिक श्लोक को जनमानस ने अपनी सांस्कृतिक और सनातनी एकता व अखंडता को कई तरीकों से पुष्ट करने का काम किया है। इस कार्य में देश के संतों-महात्माओं की अग्रणी भूमिका रही है। जिस समाज में एक-दूसरे की विभिन्नताओं को सम्मानजनक तरीके से फलने-फूलने का अवसर देकर वैचारिक स्तर पर एक वृहद एकता बनी रहती है, वही समाज विश्व को रास्ता दिखाने की क्षमता रखता है। इस दृष्टिकोण से देखा जाए तो दुनिया ने भारत को विश्व गुरु के रूप में स्वीकार किया है। लेकिन यह हकीकत देश के ही छद्‌म धर्मनिरपेक्षवादियों को हजम नहीं हो पाती है। कांग्रेस और वामदलों पश्चिम बंगाल की मुख्यमंत्री ममता बनर्जी भी इसी खेमे की एक अग्रणी नेता हैं। उनके नेतृत्व में पश्चिम बंगाल की आबादी के स्वरूप में काफी चिंताजनक बदलाव आया है।

उक्त तथ्यों के आलोक में यह स्पष्ट हो जाता है कि पश्चिम बंगाल में ममता बनर्जी ने समाज को आपस में बाँटने के राष्ट्रवाद की भावना को काफी नुकसान पहुचाने का काम किया है। देश के और टुकड़े करने का सपना देखनेवाली जेहादी ताकतों के आगे पूरे देश को बंगाल के साथ खड़ा होना होगा। देश के हर बच्चे को राष्ट्रहित से जुड़े इस यज्ञ में अपने तरह से आहुति डालनी होगी। देश ने केंद्र सरकार के साथ अनुच्छेद 370 पर जिस तरह से केंद्र सरकार के साथ एकजुटता का प्रदर्शन किया है, यह उसका ही असर है कि आज पाकिस्तान गला फाड़कर चिल्ला रहा है, लेकिन कोई भी देश

उसकी गुहार सुनने के लिए तैयार नहीं है। राष्ट्रहित में अगर पश्चिम बंगाल और राष्ट्र में कैंसर की तरह फैल रही जनसंख्या विस्फोट की समस्या के समाधान के लिए केंद्र सरकार कदम उठाती है, तो देश की जनता इसका भी पुरजोर तरीके से समर्थन करेगी ही करेगी, इसमें कोई शक नहीं है।

□

बंगाल के औद्योगिक वैभव को लगी किसकी बुरी नजर

लगभग तीन पीढ़ी पहले उत्तर प्रदेश और बिहार सहित देश के कई अन्य राज्यों के ग्रामीण इलाकों के लोग काम-धंधे के लिए कोलकाता का रुख किया करते थे। यहाँ की जूट मिलों और कपड़ों के कारखानों में इन राज्यों के मजदूरों की बड़ी माँग रहती थी। गरमी की छुट्टियों में ये लोग गाँव आते और गाँव के लोगों को पश्चिम बंगाल के तरह-तरह के किस्से-कहानियाँ सुनाया करते थे। उत्तर भारत के गाँवों में इन कारखानों की वजह से खुशहाली का माहौल रहता था।

लेकिन आज के बंगाल के लिए यह बेहद चिंताजनक बात है कि 26 जनवरी, 1950 को अस्तित्व में आया यह राज्य आजादी के 73 वर्ष बाद अपनी आर्थिक दुर्दशा के ऐतिहासिक दौर से गुजर रहा है। जहाँ एक तरफ महाराष्ट्र, गुजरात जैसे राज्य आर्थिक विकास, चौतरफा उन्नति और प्रगति के मामले में हर दिन नई ऊँचाइयाँ तय कर रहे हैं, वहीं राजनीतिक हिंसा की आग में जल रहा पश्चिम बंगाल अपनी दुर्दशा पर आँसू बहा रहा है।

कई विद्वानों ने जूट उद्योग की बदहाली के पीछे बंगाल के विभाजन को पूरी तरह जिम्मेदार ठहराने का प्रयास करके कांग्रेस-वामदलों और तृणमूल कांग्रेस के कुशासन जैसे अहम कारक को दबाने की कोशिश की है, लेकिन कड़वी वास्तविकता यही है कि इस दुर्दशा के लिए राज्य के सत्तारूढ़ राजनीतिक दलों को ही जिम्मेदार ठहराया जा सकता है। अगर इनकी उद्योग

नीति स्पष्ट होती तो बंगाल को आज यह दुर्दिन नहीं देखना पड़ता।

पश्चिम बंगाल में लगभग 70 वर्षों से वहाँ की जनता द्वारा चुनी गई सरकारें राज कर रही हैं। इसमें से 1950 से 1977 के मध्य तकरीबन 27 वर्ष तक कांग्रेस ने अकेले राज किया। गौर करनेवाली बात यह है कि उस समय केंद्र में भी कांग्रेस की ही सरकार थी। इसके बाद 1977 से 2011, यानी तकरीबन साढ़े तीन दशक तक राज्य में वामपंथियों ने शासन किया। 20 मई, 2011 को ममता बनर्जी ने वामदलों के इस किले में सेंध लगाने में सफलता हासिल की और तब से लेकर अब तक ममता बनर्जी की तृणमूल कांग्रेस शासन सँभाले हुए है। तृणमूल कांग्रेस यानी ममता बनर्जी। उनके अलावा इस पार्टी में किसी और नेता की कुछ भी नहीं चलती है। वास्तविकता यह है कि पश्चिम बंगाल की वर्तमान आर्थिक बदहाली, माँ, माटी और मानुष के नाम पर राजनीति करके राज्य की सत्ता के शिखर पर बैठी ममता बनर्जी की आर्थिक मामलों की समझ का जीता-जागता दस्तावेज पेश करती नजर आ रही है।

कांग्रेस और वामपंथियों ने राज्य को आर्थिक बदहाली के जिस कुएँ में ढकेलने का काम किया, ममता बनर्जी ने उसे काफी तेज रफ्तार के साथ आगे ही बढ़ाया है। भौगोलिक कारणों और स्थानीय जनता के उद्यम के कारण बदहाली के इस दौर में भी भारत के जूट उद्योग में पश्चिम बंगाल का स्थान अभी भी सबसे ऊपर है। देश के कुल लगभग 7 दर्जन जूट कारखानों में 5 दर्जन से अधिक कारखाने यहाँ की हुगली नदी के दोनों किनारों पर 3 से 4 किलोमीटर की चैड़ाई और लगभग 97 किलोमीटर की लंबी पट्टी में फैले हुए हैं। ये कारखाने राज्य सरकार की नीतियों के कारण दुर्दशा के ऐतिहासिक दौर से गुजर रहे हैं। यहाँ के जूट उद्योग के प्रमुख केंद्रों जैसे रिसरा, बाँसबेरिया, अगरपाड़ा, बाली, टीटागढ़, सीतारामपुर, कानकिनारा, उलबेरिया, सीरामपुर, बजबज, शिवपुर, हावड़ा श्यामनगर, सियालदह, बिरलापुर, होलीनगर, बड़नगर, बैरकपुर, लिलुवा, बाटानगर, बेलूर, सकरेल, जगतदल, हाजीनगर और भद्रेश्वर जैसे इलाकों में स्थापित ये जूट मिलों के कारोबारी बेहद परेशान

हैं। एक समय था जब ये मिलें उत्तर प्रदेश और बिहार के मजदूरों से गुलजार रहती थीं, लेकिन राज्य सरकार की उद्योग विरोधी नीतियों के कारण जूट उद्योग धीरे-धीरे अंतिम साँसें गिन रहा है।

केंद्र सरकार द्वारा हर वर्ष जूट उद्योग को बढ़ावा देने के लिए प्रयास किए जाते हैं, लेकिन राज्य सरकार की कुत्सित राजनीति के कारण इन प्रयासों का भी कोई सकारात्मक असर नहीं दिखाई दे रहा है। विगत कुछ वर्षों से इस उद्योग से जुड़े बड़े-बड़े कारखानों में मजदूर के तौर पर काम करनेवाले लोग पलायन करने को मजबूर हो गए हैं। युवा उद्यमी भी जूट उद्योग से दूर होता जा रहा है। इसका परिणाम यह हुआ है कि पश्चिम बंगाल में लगातार बढ़ रही आबादी के बावजूद जूट उद्योग में कुशल मजदूरों की किल्लत होने लगी है।

पड़ोसी बांग्लादेश में जहाँ वस्त्र उद्योग तेजी से बढ़ रहा है, वहीं पश्चिम बंगाल में राज्य सरकार की निष्क्रियता के कारण उद्योग-धंधों के अस्तित्व पर लगातार खतरा मँडरा रहा है। इस उद्योग में कम लाभ होने की वजह से सैकड़ों कारखाने बंद हो चुके हैं। जूट और वस्त्र उद्योग की बदहाली का असर यहाँ के छोटे उद्योगों जैसे सिलाई, कटिंग, पैकिंग, आयरन सहित कई अन्य छोटे-मोटे कार्यों में लगे लोगों के रोजगार पर भी दिखाई दे रहा है।

ऐसे माहौल में रोजगार के इच्छुक नौजवान अन्य राज्यों जैसे राजस्थान, गुजरात और दक्षिण भारत की तरफ बड़ी संख्या में पलायन कर रहे हैं। विशेष

रूप से वामपंथियों के 34 वर्ष के शासनकाल में गरीबों के हितों की रक्षा के नाम पर वामपंथियों ने कई मजदूर संगठनों का गठन किया। ये संगठन मजदूरों के हितों की रक्षा करने में कितना सफल रहे, यह शोध का विषय हो सकता है, लेकिन मौजूदा हालात के मद्देनजर यह बात स्पष्ट तौर से कही जा सकती है कि इनकी गुंडागर्दी और उद्योगपतियों के साथ मिलीभगत के कारण लाखों मजदूरों की रोजी–रोटी छीन ली गई। वामपंथी मजदूर संगठनों ने मजदूरों के हितों का कम, बल्कि घाटे में आनेवाले उद्यमियों के हितों को बचाने के लिए अधिक काम किया है। वामपंथियों के शासनकाल में पश्चिम बंगाल के अधिकतर कल–कारखानों और उद्योग–धंधों की कमर तोड़ने का काम काफी तेजी से किया गया।

श्रमिक नेताओं के आंदोलन और हड़ताल की वजह से उद्योग–धंधे ठप होते चले गए। इनका घाटा बढ़ता गया। वामपंथी सरकार ने आय बढ़ाने की बजाय, केंद्र सरकार से कर्ज लेकर सरकार चलाने को ज्यादा तरजीह दी। इसका परिणाम यह हुआ कि कल–कारखाने बुरी तरह तबाह होते गए। राज्य के कई इलाकों में खँडहर पड़े उद्योग–धंधे और उनमें मौजूद कबाड़ के रूप में पुरानी मशीनें इस तबाही की कहानी खुद बयाँ करती हैं।

वामपंथी सरकारों की नीति उद्योग–धंधों और कल कारखानों को बढ़ावा न देकर सिर्फ मजदूरों की वेतन सुविधा बढ़ाने तक सीमित रही। चाहे वामदलों की सरकार और या फिर ममता बनर्जी की सरकार हो, सबने उद्योग जगत् के साथ गरीब वर्ग के शोषक की तरह बरताव किया। इन्होंने जनता के बीच यह दुष्प्रचार किया कि उद्योग जगत् बुर्जुआ वर्ग का प्रतिनिधित्व करता है, जबकि सरकार सर्वहारा की लड़ाई लड़ रही है। नतीजा यह हुआ कि मजदूरों की नजर में सभी उद्यमी खलनायक बन गए और उद्योग–धंधे लगातार बदहाली की तरफ बढ़ते गए। जाहिर है, एक दिन इन उद्योगों को बंद होना ही था। राज्य में बढ़ती बेरोजगारी, मजूदर संगठनों के नाम पर सामूहिक गुंडागर्दी, कानून व्यवस्था की खराब होती स्थिति और राजनीतिक दलों के बीच हिंसक सत्ता संघर्ष ने पश्चिम बंगाल में जो माहौल पैदा किया, उसे देखते हुए वहाँ के

उद्यमी तो बाहर चले ही गए, बाहर के उद्यमी भी राज्य में निवेश की हिम्मत नहीं जुटा पाए।

पश्चिम बंगाल में वामपंथी शासन के राजनीतिक अवसान के काल में तत्कालीन मुख्यमंत्री बुद्धदेव भट्टाचार्य ने अपने दल की वैचारिक प्रतिबद्धताओं का लबादा उतारकर फेंक दिया था। उन्होंने आर्थिक उदारीकरण की नीति को अपनाते हुए नंदीग्राम में टाटा को नैनो कार का उत्पादन करने के लिए निवेश करके कारखाना बनाने की मंजूरी दी थी। वर्ष 2007 में उनकी सरकार ने कोलकाता से दक्षिण-पश्चिम दिशा में लगभग 70 किलोमीटर दूर पूर्व मेदनीपुर जिले के ग्रामीण क्षेत्र नंदीग्राम में विशेष आर्थिक क्षेत्र के नीति के तहत एक केमिकल हब की स्थापना करने को भी अपनी मंजूरी दी थी। लेकिन मार्क्स, लेनिन और माओ की मर चुकी विचारधारा को ढोनेवाले शुद्धतावादी वामपंथियों को बुद्धदेव का यह निर्णय उचित नहीं लगा।

वहीं राज्य सरकार के इन दोनों प्रयासों के खिलाफ ममता बनर्जी ने आंदोलन छेड़ दिया। तृणमूल कांग्रेस के इस आंदोलन को सोशलिस्ट यूनिटी सेंटर ऑफ इंडिया, जमीयत उलमा ए हिंद और कांग्रेस पार्टी का भरपूर सहयोग मिला। इनके सहयोग से भूमि उच्छेद प्रतिरोध कमेटी की स्थापना की गई। तृणमूल कांग्रेस की तरफ से यह संदेश देने का प्रयास किया गया कि वह औद्योगीकरण के खिलाफ नहीं है, बल्कि अमानवीय तरीके से लागू की जा रही जनविरोधी नीतियों का विरोध कर रही है। ममता ने सरकार के इस फैसले का विरोध करने के लिए अपने लोगों को हथियार उठाने की भी खुली छूट दी थी, जबकि सरकार का कहना था कि इस परियोजना से राज्य के हजारों युवाओं को रोजगार मिलेगा और लोगों का जीवन स्तर ऊपर उठेगा, लेकिन अपनी राजनीति को आगे बढ़ाने में जुटी ममता ने युवाओं को ही बरगला दिया।

ममता बनर्जी के हथियारबंद समर्थकों के साथ प्रशासन की सीधी मुठभेड़ हुई। दोनों तरफ से भारी मात्रा में हथियार जमा किए गए और कई बार संघर्ष हुआ। इस संघर्ष में कई घर जलकर राख हुए, कई लोगों की हत्या कर दी गई

और बलात्कार की घटनाएँ भी घटित हुईं। इस संघर्ष में ममता ने माओवादियों का भी खुलकर समर्थन लिया। परिणाम यह हुआ कि भूमि उच्छेद प्रतिरोध कमेटी के दबाव के आगे राज्य सरकार को झुकने को मजबूर होना पड़ा। कमेटी के कार्यकर्ताओं ने सी.पी.आई.एम. के कार्यकर्ताओं और पुलिस को तीन महीनों से अधिक समय तक सड़कों की खुदाई करके इस क्षेत्र में प्रवेश करने से रोक रखा।

सरकार द्वारा हालात सामान्य बनाने का प्रयास किया गया तो 14 मार्च, 2007 की रात को माकपा कार्यकर्ताओं ने राज्य और बाहर से लाए गए अपराधियों की सहायता से आतंक का तांडव मचाया और कई लोगों को मार डाला गया। इस हमले में कई लोग अपंग हो गए। हिंसा का अंदाजा इसी बात से लगाया जा सकता है कि छोटे-छोटे मासूम बच्चों को भी नहीं बख्शा गया और कई महिलाओं के साथ बलात्कार जैसे जघन्य अपराध भी किए गए। सत्तारूढ़ दल द्वारा किए गए हिंसा के इस नंगे नाच पर तथाकथित धर्मनिरपेक्ष बुद्धिजीवियों की जुबान पर ताला लटका रहा।

देश के कई राज्यों में उद्योग-धंधों के विकास के लिए किसानों की जमीनों का अधिग्रहण किया जाता है। इन राज्यों में इक्का-दुक्का मामलों को छोड़कर अधिकतर अधिग्रहण काफी आसानी से हो जाता है, लेकिन पश्चिम बंगाल में नंदीग्राम और सिंगूर में जो भूमि अधिग्रहण किया गया, उसमें राज्य सरकार की जनविरोधी नीतियों के कारण किसानों में असंतोष की भावना पनपी। राज्य में अपनी राजनीतिक जमीन तलाश रही ममता बनर्जी ने इस असंतोष को हवा देकर इसका जमकर राजनीतिक फायदा उठाया।

इन दोनों घटनाओं के बाद राज्य में वामपंथी राजनीति को परास्त करके ममता 2011 में मुख्यमंत्री बनीं। उन्होंने मुख्यमंत्री की कुरसी पर काबिज होने के बाद नए उद्योगों को राज्य में फिर से नए उद्योगों के लिए निवेश कराने का प्रयास किया, लेकिन किसी भी उद्यमी ने उन पर भरोसा नहीं किया। उद्यमी तो काफी पहले से ही समझ गए थे, लेकिन अब बंगाल के लोग भी समझ गए हैं कि सिंगूर और नंदीग्राम का जो ठप्पा ममता ने अपने ऊपर लगा रखा है, उसकी वजह से राज्य में कोई भी निवेश नहीं आनेवाला है। ममता जिस तरह की राजनीति कर रही हैं, उसमें उद्योग नीति और संगठित रोजगार उनकी प्राथमिकता सूची में सबसे नीचे है। राज्य में उद्योग-धंधों के पनपने और उनके फलने-फूलने के लिए जिस तरह के शांत व कानून-व्यवस्था के माहौल की जरूरत है, उसे उपलब्ध कराने में ममता सरकार पूरी तरह विफल रही है।

खून-खराबा और हिंसा की राजनीति में माहिर ममता ने पूरे राज्य को अराजकता व उद्यम-शून्यता के ऐसे दौर में ढकेल दिया है, जो भविष्य के बंगाल की चिंताजनक तसवीर पेश करता है। ममता ने बुनियादी समस्याओं की तरफ से जनता का ध्यान बँटाने के लिए अपनी तरफ से नई नौटंकियों की शुरुआत कर दी है। कभी विधानसभा से राज्य का नाम बदलने का प्रस्ताव पारित कराकर केंद्र के पास भेजना, कभी किसी गरीब के घर जाकर चाय बनाना, किसी छोटे बच्चे को गोद में लेकर नकली तरीके से मीडिया के सामने दुलार करना, ये सभी हथकंडे अपनाकर ममता जनता का ध्यान आवश्यक बुनियादी समस्याओं की तरफ से हटाने का प्रयास कर रही हैं।

उनके ये सभी हथकंडे अब सफल नहीं होनेवाले हैं, यह बिल्कुल तय बात है।

कांग्रेस, वामदलों और तृणमूल कांग्रेस ने पश्चिम बंगाल में हिंसा और अराजकता की जो संस्कृति विकसित की है, उसको देखकर कोई भी उद्यमी यहाँ पर आने से पहले सौ बार विचार करता है। उसे यह आशंका सदा घेरे रहती है कि निवेश लगाने के बाद उसे कुछ मुनाफा मिलेगा भी या नहीं, या फिर कहीं पूरा का पूरा निवेश अराजकता की भेंट न चढ़ जाए। राज्य में लंबे समय तक सत्ता पर काबिज रहे वाम दलों ने उग्रवादी विचारधारा से प्रेरित मजदूर संगठनों को जो शह दी, उसका खामियाजा राज्य को आज भी भुगतना पड़ रहा है।

यह एक ऐतिहासिक तथ्य है कि आजादी के बाद राज्य में कांग्रेस की सरकार को अंग्रेजों से जो उद्योग की समृद्ध विरासत मिली थी, उसकी वजह से शुरुआत के कुछ वर्षों तक कोलकाता शहर मुंबई से भी कमाऊ रहा था। लेकिन साठ का दशक शुरू होते-होते उद्यमियों के साथ वामपंथी उग्रवादी विचारधारावाली मजदूर यूनियनों ने दुश्मन की तरह व्यवहार करना शुरू कर दिया। परिणाम यह हुआ कि निवेश और उद्योग धंधों के विकास की दृष्टि से पश्चिम बंगाल हैदराबाद और बेंगलुरु जैसे नवोदित शहरों से भी पीछे हो गया। इतने वर्षों के शासनकाल में कांग्रेस-वामदलों और तृणमूल कांग्रेस ने कुशासन का जो जाल फैलाया, उसका ही परिणाम है कि आज यह राज्य समस्त आर्थिक संकेतकों की सूची में औसत राष्ट्रीय स्तर से काफी नीचे आ गया है।

वैसे देखा जाए तो पश्चिम बंगाल के भू-परिदृश्य और अर्थव्यवस्था में कृषि की प्रधानता है। राज्य की तकरीबन 75 फीसदी आबादी खेती-किसानी के काम में लगी है। आर्थिक बदहाली की ऐतिहासिक ऊँचाई पर पहुँचने के बावजूद भारत के सकल घरेलू उत्पाद में अभी भी पश्चिम बंगाल का छठा नंबर आता है। जरा सोचिए और विचार कीजिए कि अगर यहाँ की सरकारों ने उद्योग-धंधों को सही तरह से फलने-फूलने का मौका दिया होता तो देश की कुल जी.डी.पी. में इसका योगदान शायद सबसे ऊपर होता। यह तथ्य

सर्वविदित है कि देश के अहम आर्थिक केंद्र के रूप में कोलकाता की जड़ें उसके उद्योग, आर्थिक एवं व्यापारिक गतिविधियों के अलावा महत्त्वपूर्ण बंदरगाह के रूप में निहित हैं। पश्चिम बंगाल के प्रमुख उत्पादों में जूट के अलावा लोहा, कोयला, अभ्रक, पेट्रोल, चाय आदि शामिल हैं। इसके बावजूद राज्य में आजादी के बाद से ही बेरोजगारी एक बहुत बड़ी समस्या बनी हुई है।

कई दशकों से चरमराई अर्थव्यवस्था ने पश्चिम बंगाल में जो बेरोजगारी बढ़ाई है, उसका फायदा यहाँ के कठमुल्ले उठा रहे हैं। वे अपने समाज के नवयुवकों को अव्यवस्था फैलाने के लिए लगातार प्रोत्साहित कर रहे हैं, क्योंकि इस अव्यवस्था से वे अपनी व्यवस्था कायम करने के बुरे इरादे से काम कर रहे हैं। देश को नई दिशा देनेवाला पश्चिम बंगाल अब एक नई करवट ले रहा है। निश्चित तौर पर कहा जा सकता है कि बंगाल का यह नवजागरण एक बार फिर से उसके पुराने वैभवशाली आर्थिक इतिहास को साकार करेगा। समयचक्र का पहिया तेजी से घूम रहा है और राज्य की आसुरी, गरीबों का खून चूसने वाली नकारात्मक शक्तियाँ इस रथ के पहिए के नीचे रौंद दी जाएँगी, इतिहास के गर्त में समा जाएँगी और एक समय ऐसा भी आएगा, जब कोई भी इनका नाम लेने वाला नहीं होगा।

□

अथ श्री शारदा-रोज वैली चिटफंड नारद कथा

बंगाल के राजनीतिक इतिहास में शारदा और रोज वैली चिटफंड की कहानी ममता के उन शैतानी किस्सों को परत-दर-परत लोगों के सामने ला रही है, जो उनके चेहरे का नकाब उतार रहे हैं। ममता की पार्टी के अधिकतर सांसद इस कहानी में किसी-न-किसी खलनायक की भूमिका में दिख रहे हैं। ममता इन खलनायकों के गिरोह की सरगना के रूप में अपनी भूमिका निभाती नजर आ रही हैं।

हजारों करोड़ रुपए के इन तीनों चिटफंड घोटालों में ममता बुरी तरह फँसी हुई हैं। पीड़ितों की गुहार पर इन सभी घोटालों की जाँच अदालतों की निगरानी में केंद्रीय एजेंसियों द्वारा की जा रही है। इन मामलों में ममता बनर्जी सरकार के कई पूर्व मंत्री और तृणमूल कांग्रेस के नेता जेल की सलाखों के पीछे डाले जा चुके हैं और कई जाने की तैयारी में हैं। ममता को पता लग चुका है कि केंद्र में प्रधानमंत्री नरेंद्र मोदी के रहते भ्रष्टाचार के किसी भी तरह के मामले को दबा पाना मुश्किल ही नहीं, बल्कि नामुमकिन है।

ममता को इस बात का भय सता रहा है कि अगर निष्पक्ष तरीके से जाँच हो गई तो उनके साथ पूरे परिवार को जेल की हवा खानी पड़ सकती है। इसीलिए वह जाँच में अड़ँगा डालने के लिए जी-तोड़ प्रयास कर रही हैं। राज्य के गरीब, ईमानदार और परिश्रमी लोगों की गाढ़ी कमाई पर इन सफेदपोश डकैतों ने जो डकैती डाली है, वह केंद्र सरकार और उच्चतम न्यायालय के संज्ञान में आ चुकी है। ऐसे में अब इन सबके बचने के सारे

रास्ते बंद हो चुके हैं। यही कारण है कि चिटफंड घोटालों की जाँच में ममता बनर्जी सरकार की तरफ से लगातार अड़ँगा लगाया जा रहा है।

इन घोटालों की गंभीरता का अंदाजा लगाने के लिए यह जरूरी है कि एक बार इनके आकार पर नजर डाल ली जाए। जाँच एजेंसियों के हवाले से अभी तक जो आँकड़ा निकलकर बाहर आया है, उसके मुताबिक रोज वैली घोटाला तकरीबन 15 हजार करोड़ रुपए का है। इसी तरह शारदा चिटफंड घोटाला लगभग 40 हजार करोड़ रुपए का बताया जा रहा है। दोनों कंपनियों ने पश्चिम बंगाल सहित आस-पड़ोस के राज्यों में गरीबों के बीच अपने कारोबार का जाल फैलाया और उनके निवेश पर कम समय में अधिक फायदे का प्रलोभन देकर उनकी मेहनत की कमाई को लूटने का काम किया। शारदा चिटफंड कंपनी ने लोगों को लालच दिया, सागौन से जुड़े बॉण्डों में 25 साल में निवेश की गई रकम 34 गुना बढ़ जाएगी। साथ ही आलू कारोबार में निवेश करने पर 15 महीने के भीतर दोगुना रकम देने का झूठा वादा किया गया। जब पैसा लौटाने की बारी आई तो कंपनी हजारों करोड़ रुपए लेकर फरार हो गई। गरीब जनता से यह धन लूटनेवाले सभी आरोपी ममता बनर्जी के करीबी हैं। इनमें से अधिकतर पार्टी के सांसद, विधायक या नेता हैं। इनके अलावा ममता से जुड़े कई कलाकार भी इसमें लिप्त पाए गए हैं।

वर्ष 2014 में उच्चतम न्यायालय के आदेश पर शारदा घोटाले की जाँच चल रही है। सी.बी.आई. टीम जब घोटाले की जाँच करने कोलकाता गई

तो उसे ममता की पुलिस ने रोक दिया। जिसके बाद जाँच एजेंसी ने उच्चतम न्यायालय में अर्जी लगाई। आरोप लगाया कि कोलकाता के पुलिस आयुक्त राजीव कुमार घोटाले के सबूतों को नष्ट कर सकते हैं। प्रधान न्यायाधीश की तरफ से राजीव कुमार को चेतावनी दी गई कि अगर उन्होंने सबूतों को नष्ट करने के बारे में सोचा भी तो उन्हें पछताना पड़ेगा। दिसंबर 2017 में उच्चतम न्यायालय को आदेश देना पड़ा था कि पश्चिम बंगाल पुलिस किसी भी सी.बी.आई. अधिकारी से पूछताछ नहीं कर सकती है।

दरअसल, ममता बनर्जी ने 2013 में शारदा घोटाले की जाँच के लिए एस.आई.टी. का गठन किया था। उन्होंने इसकी जाँच का जिम्मा 1989 बैच के आई.पी.एस. अधिकारी राजीव कुमार को दे रखा था। राजीव कुमार जाँच के नाम ममता के इशारे पर लीपा-पोती कर रहे थे। 9 मई, 2014 को उच्चतम न्यायालय ने कांग्रेस और वाम मोर्चे की याचिका पर इस मामले की जाँच का जिम्मा सी.बी.आई. को दे दिया। ममता ने 2016 में लीपा-पोती का ईनाम देते हुए राजीव कुमार को कोलकाता का पुलिस आयुक्त बना दिया। वह सी.बी.आई. की तरफ से बार-बार समन भेजे जाने के बावजूद जाँच में सहयोग नहीं कर रहे थे। सी.बी.आई. जाँच के आदेश को लेकर तृणमूल कांग्रेस के सांसदों ने संसद् में भी जमकर हंगामा किया और सी.बी.आई. जाँच के आदेश को संविधान के संघीय ढाँचे के विरुद्ध बताया।

जब दोनों घोटालों की फाइलों को गायब किए जाने के आरोप में सी.बी. आई. के अधिकारी राजीव कुमार से पूछताछ करने कोलकाता पहुँचे तो पुलिस के साथ उनका टकराव हो गया। पुलिस ने सी.बी.आई. अधिकारियों के साथ हाथापाई की और सभी 15 अधिकारियों को हिरासत में ले लिया। ममता ने भी सी.बी.आई. जाँच के खिलाफ और पुलिस आयुक्त राजीव कुमार के समर्थन में कोलकाता में धरना भी दिया। यह सब सिर्फ इसलिए किया गया, जिससे कि शारदा और रोज वैली घोटालों के असली गुनाहगारों के चेहरे सामने न आने पाएँ। सब जानते हैं कि इस मामले में सी.बी.आई. केंद्र सरकार के नहीं, बल्कि उच्चतम न्यायालय के आदेश पर जाँच कर

रही है। ममता ने राज्य की जनता को भ्रम में रखने के लिए पूरे मामले को राजनीतिक रंग देते हुए कहा कि देश में आपातकाल से भी बदतर हालात हैं। उन्होंने आरोप लगाया कि प्रधानमंत्री नरेंद्र मोदी, भाजपा अध्यक्ष अमित शाह और राष्ट्रीय सुरक्षा सलाहकार अजीत डोभाल बदले की भावना से काम कर रहे हैं। ममता राजीव कुमार को दुनिया का सर्वश्रेष्ठ पुलिस अधिकारी बताया और सवाल उठाया कि बिना वारंट के उनके घर पर छापा मारने की हिम्मत कैसे हुई। ममता के इशारे पर पुलिस ने कुछ समय के लिए कोलकाता स्थित सी.बी.आई. कार्यालय को भी अपने कब्जे में ले लिया था। पोल खुलने के डर से बौखलाई ममता ने राज्य में सी.बी.आई. के प्रवेश पर पाबंदी भी लगा दी थी।

शारदा चिटफंड की तरह रोज वैली घोटाले में भी तृणमूल कांग्रेस के कई बड़े नेताओं की संलिप्तता की बात सामने आ रही है। इस घोटाले में रोज वैली समूह ने लोगों को दो अलग-अलग योजनाओं का लालच दिया। उसके इस जाल में तकरीबन एक लाख निवेशकों का पैसा फँसा हुआ है। समूह के प्रबंध निदेशक शिवमय दत्ता को इस घोटाले का मास्टर माइंड बताया जाता है।

घोटालों में आए प्रमुख नामों में अरविंद सिंह चौहान, सुदीप्तो सेन, मदन मित्रा, सुदीप बंदोपाध्याय, पार्थ चटर्जी, पूर्व वित्त मंत्री पी. चिदंबरम की पत्नी नलिनी चिदंबरम, डेरेक ओ ब्रायन, शताब्दी रॉय, कुणाल घोष, नीतू सरकार, सज्जन अग्रवार, संधीर अग्रवाल, बंबा``आदि कई नाम शामिल हैं।

□

भाई-भतीजावाद की ममता

पश्चिम बंगाल की सत्ता पर जब ममता बनर्जी काबिज हुईं, तो उस समय राज्य की जनता को अपेक्षा थी कि माँ, माटी और मानुष के अपने चुनावी वादे पर खरा उतरकर राज्य की जनता के हित में पूरे दिल से काम करेंगी। आज आठ वर्ष बाद ममता बनर्जी के क्रियाकलापों ने उनके चेहरे से मुखौटे को हटा दिया है। ममता के असली चेहरे को देखकर लोग निराश हैं। ममता की राजनीति अगर पाक-साफ होती तो वह बंगाल की राजनीति में भाई-भतीजावाद को कतई प्रश्रय नहीं देतीं।

पश्चिम बंगाल की राजनीति के आईने में आज ममता की जो तसवीर लोग देख रहे हैं, वह उनके माँ, माटी और मानुषवाली राजनीति के चेहरे से बिल्कुल उलट है। यह साफ हो चुका है कि ममता बनर्जी ने सत्ता पाने के बाद न सिर्फ सिंडिकेट के भ्रष्टाचार को आँख बंद करके बढ़ावा दिया, बल्कि राज्य के हितों को रद्दी की टोकरी में फेंकते हुए अपने करीबी रिश्तेदारों को भी आगे बढ़ाया। सांसद भतीजे अभिषेक बनर्जी और अभिषेक की पत्नी रुजिरा नरुला ने ममता की शह पाकर समूचे राज्य को अराजकता के गर्त में ढकेलने का काम किया है। बहू और बेटे दोनों मिलकर ममता की गैर-कानूनी गतिविधियों को न सिर्फ आगे बढ़ाने में जुटे हैं, बल्कि लोग बताते हैं कि इन्होंने ममता की काली-करतूतों से होनेवाली अवैध कमाई के प्रबंधन का काम भी सँभाल रखा है।

जाहिर है, ममता बनर्जी ने तृणमूल कांग्रेस को पूरी तरह से अपनी जेबी पार्टी बना लिया है। वह खुद पार्टी अध्यक्ष हैं और उनके नियंत्रण में पूरी पार्टी है। ममता ने पहले अपने भतीजे अभिषेक बनर्जी पर ममता लुटाते हुए

उनको वर्ष 2012 में ही तृणमूल कांग्रेस की युवा इकाई का राष्ट्रीय अध्यक्ष बनाया, फिर उन्हें 2014 के लोकसभा चुनाव में डायमंड हार्बर सीट से अपना उम्मीदवार बनाया। वह चुनाव जीतकर सांसद भी बन गए और 2019 के चुनाव में भी वह इसी सीट से एक बार फिर से सांसद बने हैं।

प्रधानमंत्री नरेंद्र मोदी ने जब 2019 के लोकसभा चुनाव में डायमंड हार्बर में एक सार्वजनिक रैली को संबोधित करते हुए कहा कि ममता-अभिषेक ने मिलकर बंगाल को बदनाम कर दिया है और लूटपाट व हिंसा करने में इन दोनों ने कोई कोर-कसर नहीं छोड़ी है, तब तिलमिलाए अभिषेक ने प्रधानमंत्री नरेंद्र मोदी को मानहानि का नोटिस भेजकर 36 घंटे में जवाब देने की माँग भी की थी; जबकि उसके और उसकी पत्नी के खिलाफ पश्चिम बंगाल से लेकर दिल्ली तक अदालतों में दस्तावेजी फर्जीबाड़े तथा तस्करी जैसे गंभीर अपराधों के सिलसिले में मामले चल रहे हैं।

दिल्ली की राउज एवेन्यू अदालत में अभिषेक के खिलाफ एक मामला चल रहा है। उन पर आरोप है कि उन्होंने अपने चुनावी हलफनामे में शैक्षिक योग्यता और डिग्री की गलत एवं झूठी जानकारी दी थी। सरकारी संस्थाओं के प्रति उनके नजरिए को देखिए कि उन्होंने लोकसभा चुनाव से पहले अपने नामांकन पत्र में बताया था कि वह आई.आई.पी.एम. कॉलेज, दिल्ली से बी.बी.ए. और एम.बी.ए. की पढ़ाई किए हैं, जबकि जाँच में उनकी यह जानकारी पूरी तरह गलत पाई गई।

2019 के लोकसभा चुनावों में भाजपा की जीत के बाद ममता ने लोगों को दिखाने के लिए पार्टी में दो नंबर माने जाने वाले अभिषेक से कई अहम जिम्मेदारियों को भले ही वापस ले लिया है, लेकिन परदे के पीछे की हकीकत यही है, ममता के काले कारनामों से होने वाली कमाई का प्रबंधन वही परदे के पीछे रहकर कर रहे हैं।

ममता और उनके बहू-भतीजे ने मिलकर राज्य में जो भ्रष्टाचार किया है, अगर उनकी सही तरीके से जाँच हो जाए तो ये सबके सब जेल की सलाखों के पीछे रहेंगे।

अभिषेक बनर्जी की कंपनी 'लीप्स एंड बाउंड्स प्राइवेट लिमिटेड' को

राजकिशोर मोदी नाम के एक शख्स ने भुगतान किया। राजकिशोर जमीन की सौदेबाजी के पेशे में है। उस पर जमीन हथियाने और हत्या के प्रयास में शामिल होने के आरोप हैं। हालाँकि खुद को तकनीकी तौर पर पाक-साफ दिखाने के लिए अभिषेक ने सांसद चुने जाने के बाद इस कंपनी के निदेशक पद से इस्तीफा दे दिया था।

अभिषेक बनर्जी की पत्नी रुजिरा बनर्जी भी ममता के रुतबे की छत्रच्छाया में बेधड़क तरीके से झूठ-फरेब का सहारा लेकर तथ्यों को छुपाकर जनता से लूटी गई उनकी काली कमाई को चमकाकर 'सोना' बनाने की कोशिश में जुटी हुई हैं। गृह मंत्रालय ने रुजिरा को 'कारण बताओ' नोटिस जारी कर रखा है। उन पर 'ऑवरसीज ऑफ इंडिया' (ओ.सी.आई.) को हासिल करने के लिए तथ्यों को छिपाने और झूठा प्रतिवेदन पेश करने का दोहरा आरोप है। गृह मंत्रालय का यह नोटिस विदेशी प्रभाग की तरफ से 29 मार्च, 2019 को जारी किया गया है। दरअसल, रुजिरा थाईलैंड की नागरिक हैं और उन्हें बैंकॉक में भारतीय दूतावास की ओर से 2010 में पी.आई.ओ. कार्ड जारी किया गया था। इस नोटिस के मुताबिक रुजिरा ने अपने पी.आई.ओ. कार्ड को ओ.सी.आई. कार्ड में बदलने के लिए 2017 में कोलकाता में एफ.आर.आर.ओ. कार्यालय में आवेदन किया था। उन्होंने इस आवेदन में अपने विवाह के प्रमाण-पत्र में उल्लेख किया कि

उनके पिता दिल्ली के राजौरी गार्डन के निवासी गुरशरण सिंह आहूजा हैं। गृह मंत्रालय ने नोटिस में कहा है कि रुजिरा के मामले में निरीक्षण के बाद उक्त विसंगतियों संज्ञान में आई हैं। प्रथम द्रष्टया ऐसी राय है कि रुजिरा नरूला, जो कि ओ.सी.आई. कार्ड होल्डर हैं, उनका पंजीकरण रद्द करने लायक है। यह नागरिक अधिनियम 1955 की धारा 7डी की उप-धारा (ए) और (ई) के हित में है। नोटिस में कहा गया कि केंद्र सरकार को आगे बताया गया कि 14 नवंबर, 2009 को रुजिरा ने फॉर्म 49ए के जरिए पैन कार्ड के लिए आवेदन किया, लेकिन अपने थाई नागरिक होने और ओ.सी.आई कार्ड होल्डर होने की जानकारी नहीं दी तथा साथ ही अपने पिता का नाम गुरशरण आहूजा बताया।

नियमों के अनुसार उन्हें पैन के लिए 49एए फॉर्म भरना था और जानकारी देनी चाहिए थी कि वह ओ.सी.आई. कार्ड धारक विदेशी हैं। रुजिरा ने इस प्रकार अपनी तरफ से फॉर्म 49ए में दी गई गलत जानकारी के आधार पर भारतीय नागरिक के तौर पर पैन कार्ड हासिल कर लिया।

दरअसल, अब यह साफ-साफ दिखने लगा है कि रुजिरा ने इन दस्तावेजों को इसलिए बनवाया, जिससे कि कोलकाता और थाईलैंड के बीच धन की हेरा-फेरी में कोई अड़चन न आए।

15-16 मार्च, 2019 की दरम्यानी रात रुजिरा को कोलकाता के नेताजी सुभाष चंद्र बोस अंतरराष्ट्रीय हवाई अड्डे पर दो किलोग्राम सोने के साथ कस्टम विभाग के अधिकारियों ने पकड़ा था। वह थाई जेट एयरवेज की उड़ान से बैंकॉक से कोलकाता आ रही थी। साथ में रुजिरा की बहन भी थी। कस्टम विभाग द्वारा पकड़े जाने के बाद रुजिरा ने ममता के रुतबे का नाजायज इस्तेमाल करके पुलिस को बुला लिया। पुलिस ने कस्टम अधिकारियों की हिरासत से रुजिरा को छुड़ा लिया। यह बात उच्चतम न्यायालय के भी संज्ञान में है कि रुजिरा को कस्टम अधिकारियों के पास से छुड़ाने के लिए हवाई अड्डे पर पहुँची ममता बनर्जी की पुलिस ने जाँच को तुरंत रोकने और रुजिरा को छुड़वाने के लिए उनके खिलाफ मामला दर्ज करने की भी धमकी दी। उस समय तो केंद्रीय उत्पाद सीमा शुल्क विभाग के अधिकारियों ने दबाव में आकर रुजिरा को छोड़ दिया, लेकिन बाद में अदालत में मुकदमा कर दिया। रुजिरा को इस मामले में पेशी बचने के लिए उच्चतम न्यायालय तक का दरवाजा खटखटाना पड़ा।

उक्त तथ्य ममता पर लगे भाई-भतीजावाद के आरोपों को मजबूत बनाते हैं। बंगाल की जनता ममता की असलियत जान चुकी है। पीले रंग की हर चमकनेवाली चीज पर ममता और उनके बहू-भतीजों की नजर है। उनके समाजसेवा का असली लक्ष्य सोना और धन-दौलत कमाना है। भाई-भतीजावाद का पर्दाफाश हो जाने के बाद बंगाल के मतदाता ममता को अब दोबारा सत्ता पर नहीं बैठाने वाले हैं।

□

श्रीराम से मुकाबले के लिए माँ दुर्गा का सहारा ले रही हैं ममता

शायद ऐसा पहली बार हो रहा है कि माँ दुर्गा के भक्तों के गढ़ में मर्यादा पुरुषोत्तम भगवान् श्रीराम का नारा दिनोदिन लोकप्रिय होता जा रहा है। राज्य में भाजपा की राजनीतिक जमीन के दायरे में जैसे-जैसे विस्तार होता जा रहा है, वैसे-वैसे राम नाम की बयार भी तेज होती जा रही है। ममता को यह भय सता रहा है कि कहीं राम नाम की यह बयार तूफान बनकर उनकी सत्ता को बंगाल की खाड़ी में जल-समाधि लेने को मजबूर न कर दे।

संभवत: इसी भय के कारण ममता ने राम के समानांतर माँ दुर्गा को खड़ा कर दिया है। 2011 में ममता ने जब वामपंथियों को पराजित करके राज्य की कमान सँभाली थी, तब उन्हें इस बात का रत्तीभर भी आभास नहीं रहा होगा कि महज एक दशक के भीतर ही यहाँ भगवा लहर चलने लगेगी। मुसलिमपरस्ती में सारी सीमाओं को पार कर चुकी ममता के खिलाफ पश्चिम बंगाल में आक्रोश का आलम यह है कि लोग राम नाम को उनके शासन से मुक्ति के लिए ब्रह्मास्त्र के रूप में देखने लगे हैं।

ममता बनर्जी ने राम के नाम का अपमान करके माँ दुर्गा की शरण लेकर जिस तरह से अपनी राजनीति को यू-टर्न दिया है, उससे उनकी मौकापरस्त और सत्तालोलुप नेता की छवि लोगों के सामने आ गई है। यह वही ममता बनर्जी हैं, जिन्होंने दुर्गा पूजा की मूर्तियों के विसर्जन पर सिर्फ इसलिए रोक लगा दी थी कि मोहर्रम का ताजिया निकलना था। ममता के इस फैसले के

बाद भाजपा राज्य के मतदाताओं को यह समझाने में कामयाब रही कि ममता अपनी वोट बैंक की राजनीति को बचाने के लिए बहुसंख्यक समाज की भावनाओं का अपमान कर रही हैं।

ममता और उनके सहयोगी भाजपा पर राम के नाम का राजनीतिक फायदा उठाने का आरोप लगातार लगाते रहे हैं। आज जब ममता को राम के नाम से अपनी राजनीति पर खतरा नजर आ रहा है, तो वह माँ दुर्गा का नाम ले रही हैं। अगर राम का नाम लेकर भाजपा सांप्रदायिक हो जाती है तो माँ दुर्गा का सहारा लेकर ममता सांप्रदायिक कैसे नहीं हो पा रही हैं, यह बात समझ से परे है?

राम के नाम से ममता की बौखलाहट का अंदाजा कुछ दिन पहले सोशल मीडिया पर वायरल हुए उस वीडियो से लगाया जा सकता है, जिसमें ममता बनर्जी जय श्री राम बोलनेवालों को डाँटती नजर आती हैं। वे अपने कार्यकर्ताओं को जय श्रीराम बोलनेवालों के खिलाफ लगातार भड़का रही हैं। इतना ही नहीं, ममता यह प्रयास भी कर रही हैं कि कोई भी राम-भक्त दुर्गा पूजा से जुड़ने न पाए। समाज को हिंदू-मुसलमान में बाँटने के बाद अब उनकी यही कोशिश है कि मर्यादा पुरुषोत्तम भगवान् श्रीराम और जगज्जननी

माँ दुर्गा के नाम पर बंगाल का हिंदू समाज दो टुकड़ों में बँटा रहे। ममता को अगर सनातन संस्कृति का जरा सा भी ज्ञान है तो उन्हें यह भी पता होना चाहिए कि राम ने रावण का वध करने से पहले नौ दिन तक शक्ति की प्रतीक माँ दुर्गा की आराधना की थी। बंगाल में प्रचलित कृत्तिवासी रामायण सहित देश की विभिन्न भाषाओं में रची गई रामायण में राम की शक्ति पूजा का वर्णन किया गया है। सर्वशक्तिमान मर्यादापुरुषोत्तम भगवान् श्रीराम अपनी लीला में रावण, कुंभकरण, ताड़का और सूर्पणखा जैसी आसुरी ताकतों के विनाश के लिए वांछित शक्ति माँ दुर्गा के आशीर्वाद से ही प्राप्त करते हैं।

लोकसभा चुनाव प्रचार के दौरान नवंबर 2018 में ममता ने अपने सामान्य राजनीतिक लहजे से हटकर लोगों से कहा कि वे भाजपा पर भरोसा न करें, वे अपने भगवान् को बेचकर जी रहे हैं। झरगाम के जंबानी में ममता ने भाजपा का नाम लिये बगैर कहा कि वे एक राम मंदिर बनाने की बात करते रहे हैं और जय श्रीराम का इस्तेमाल तोड़ने के लिए करते हैं। वे दरअसल रावण की पूजा करते हैं और आग भड़काने के लिए इसे ही पहले मानते हैं। हमारे पास हमारी अपनी देवी दुर्गा हैं। हम माँ काली और गणपति की पूजा करते हैं, लेकिन हम उन भगवानों को बेचते नहीं, जिनकी हम घर में पूजा करते हैं। ममता ने भाजपा पर धर्म व जाति के आधार पर लोगों को बाँटने का आरोप लगाते हुए कहा कोई उनके पास मत जाएँ, जो अपने फायदे के लिए समाज को बाँटना चाहते हैं। ये लोग आपके पास आधी रात में पैसों से भरे बैग लेकर आएँगे। पैसे ले लीजिए, लेकिन इन्हें वोट मत दीजिएगा।

बंगाल के लोगों ने ममता की एक न सुनी और 2019 के लोकसभा चुनाव में जब भाजपा ने 18 सीटों पर कब्जा कर लिया, तब यह साफ हो गया कि राज्य की जनता का अब ममता से मोहभंग हो गया है। भाजपा ने लोकसभा चुनाव में किसी मतदाता को पैसा दिया कि नहीं, ममता ने चुनाव के बाद इसका कोई खुलासा नहीं किया, लेकिन अब वह दुर्गा पूजा के नाम पर लोगों को खुले आम पैसा बाँट रही हैं। ऐसा इसलिए कि भाजपा के लोगों को दुर्गा पूजा के पंडालों से दूर रखा जा सके। ममता लोगों के बीच यह दुष्प्रचार

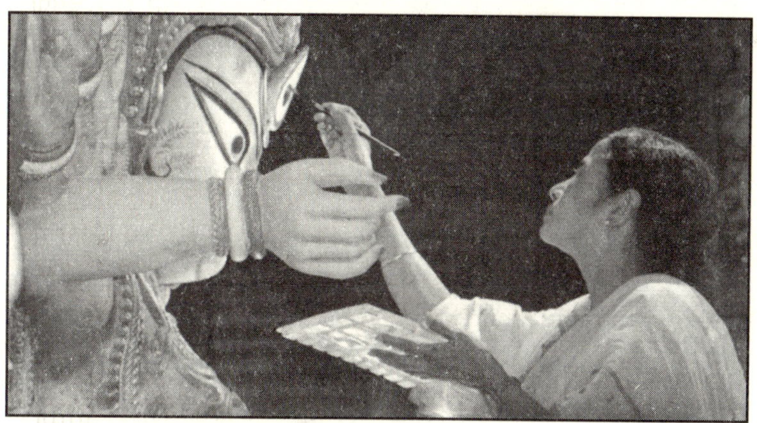

करती फिर रही हैं कि भाजपा केंद्रीय एजेंसी सी.बी.डी.टी. के माध्यम से दुर्गा पूजा समितियों को आयकर का नोटिस भेज रही है, जबकि सी.बी.डी.टी. की तरफ से आधिकारिक रूप से इस आरोप का खंडन किया जा चुका है। लोगों के बीच भाजपा का भय फैलाने के लिए ममता ने इसे 'पूजा जजिया टैक्स' का नाम दिया है।

ममता ने पिछले वर्ष बंगाल की पूजा समितियों को 10 हजार रुपए दिए थे, इस बार इसमें ढाई गुना बढ़ोतरी करके ममता ने दुर्गा पूजा समितियों को 25-25 हजार रुपए बाँटने का निर्णय लिया है। अगर समिति का संचालन पूरी तरह महिलाओं द्वारा किया जा रहा है तो उन्हें 25 हजार के अलावा 5 हजार रुपए की अतिरिक्त धनराशि दी जा रही है। ममता ने इस मद के लिए खजाने से 80 करोड़ रुपए खर्च किए हैं। इसके अलावा समितियों को बिजली बिल व कई अन्य खर्चों से भी मुक्त कर दिया है। ये पैसे वोट बैंक को बरकरार रखने के लिए नहीं बाँटे जा रहे हैं तो किसलिए हैं? ममता की पार्टी के किसी भी नेता के पास इस सवाल का जवाब नहीं है। साफ दिख रहा है कि ममता ने जय श्रीराम नारे और भाजपा की बढ़ती लोकप्रियता के भय से दुर्गा पूजा समितियों को भी अपनी विभाजनकारी राजनीति का अखाड़ा बनाकर रख दिया है।

राम के नाम से ममता की चिढ़ का अंदाजा इस तथ्य से लगाया जा

सकता है कि उनके कार्यकर्ताओं ने राम का नाम लेनेवालों को इस कदर भयभीत कर दिया है कि उन्हें अदालत की शरण लेने को मजबूर होना पड़ा है। जून 2019 में कोलकाता उच्च न्यायालय में याचिका दायर करके गुहार लगाई गई है कि जो लोग 'जय श्रीराम' का नारा लगानेवालों को रोक रहे हैं, उनके खिलाफ आवश्यक कदम उठाए जाएँ। भाजपा ने जिस तरह से लोकसभा चुनाव में ममता बनर्जी की मुसलिम तुष्टीकरण की राजनीति को आईना दिखाया है, उसमें ममता बनर्जी की दोगली राजनीति का चेहरा लोगों को साफ-साफ दिखने लगा है। आसुरी शक्तियों का विनाश प्रकृति स्वयं करती है। ममता ने राज्य में इन्हीं आसुरी शक्तियों का राज कायम कर रखा है। दुर्गा के चरणों में पूजा करके राम के आराधक अपने इष्टदेव से शक्ति प्राप्त करेंगे और आसुरी शक्तियों का अंत जल्द ही होगा।

□

सहकारी संघवाद की धज्जियाँ उड़ा रही हैं ममता

ममता बनर्जी के राजनीतिक क्रियाकलाप देश की राजनीति के केंद्र-बिंदु सहकारी संघवाद के लिए बेहद घातक साबित हो रहे हैं। भारत के संविधान निर्माताओं ने जब भारत राष्ट्र की नवीन परिकल्पना को साकार रूप दिया तो उसमें इस बात का विशेष रूप से ध्यान रखा गया था कि केंद्र और राज्य के बीच अधिकारों को लेकर किसी तरह के टकराव की स्थिति पैदा न हो। भारत के इतिहास से सबक लेते हुए उन्होंने इस बात का भी ध्यान रखा था कि अगर किसी विशेष परिस्थिति में किसी तरह के टकराव की स्थिति पैदा होती है तो ऐसे में सर्वोच्च न्यायालय हस्तक्षेप करके समस्या का इस तरह से समाधान करेगा कि केंद्र की सर्वोच्चता और राज्य की प्रशासनिक स्वायत्तता को बहाल किया जा सके। दोनों में से अगर कोई एक अपनी सीमा का उल्लंघन करता है तो ऐसे में उच्चतम न्यायालय उन्हें अपनी सीमा बताता है।

पश्चिम बंगाल में ममता बनर्जी जब से सत्ता पर काबिज हुई हैं, उन्होंने अनेक बार केंद्र की अवहेलना करके यह दिखाया है कि वह एक राज्य की सत्ता पर काबिज होकर पूरे देश की राजनीति को दूषित करने का काम कर सकती हैं। ममता ने अपनी हरकतों से सहकारी संघवाद को बार-बार चुनौती दी है। उनका यह रवैया देश की लोकतांत्रिक राजनीति के लिए कतई ठीक नहीं है।

सब जानते हैं कि चिटफंड घोटाले की जाँच को अंजाम तक पहुँचाने के लिए उच्चतम न्यायालय ने अपनी निगरानी बैठा दी है। शीर्ष अदालत के आदेश पर ही सी.बी.आई. और अन्य केंद्रीय जाँच जेंसियाँ जाँच कर रही हैं। फरवरी

2019 में जाँच के सिलसिले में जब सी.बी.आई. के अधिकारियों ने कोलकाता पहुँचकर घोटाले की एस.आई.टी. जाँच के प्रमुख व राज्य के पूर्व आला पुलिस अधिकारी राजीव कुमार से पूछताछ करने का प्रयास किया तो ममता ने उनके बचाव के लिए भारी संख्या में पुलिस बल भेज दिया। पुलिस ने बल प्रयोग करके सी.बी.आई. अधिकारियों को हिरासत में ले लिया। इस अधिकारी से ममता का इतना लगाव है कि उसके समर्थन में उन्होंने धरना भी दिया। यह सब न सिर्फ केंद्रीय सत्ता को एक गंभीर चुनौती थी, बल्कि उच्चतम न्यायालय के आदेश की अवहेलना भी थी। मामले की गंभीरता को देखते हुए केंद्र सरकार को कोलकाता स्थित सी.बी.आई. कार्यालय की सुरक्षा में लगी स्थानीय पुलिस को हटाकर केंद्रीय अर्ध सैनिक बलों की तैनाती करने को मजबूर होना पड़ा।

ममता की पुलिस के इस असहयोग से निपटने के लिए सी.बी.आई. को एक बार फिर से शीर्ष अदालत की शरण में जाना पड़ा। ममता राज्य में यह भ्रम फैला रही हैं कि मोदी सरकार के इशारे पर यह सब हो रहा है, जबकि अदालत केंद्र के इशारे पर काम नहीं करती है। न्यायपालिका अपने आप में एक स्वतंत्र निकाय है, इसीलिए इसे लोकतंत्र का एक मजबूत स्तंभ माना जाता है। अभी भी सी.बी.आई. के अधिकारी राजीव कुमार से सच उगलवाने की कोशिश में जुटे हैं, लेकिन ममता उनकी जाँच में बाधा पहुँचाने के लिए कोई कोर-कसर

बाकी नहीं रख रही हैं। न्यायपलिका में भी मोदी की राजनीति को जबरदस्ती धकेलकर ममता ने एक तरह से अपने राजनीतिक दीवालियेपन और हताशा का परिचय दिया है।

इसी तरह जब ममता के भतीजे अभिषेक बनर्जी की पत्नी रुजिरा बनर्जी को कस्टम विभाग के अधिकारियों ने सोने की तस्करी के आरोप में हिरासत में लेकर पूछताछ करने का प्रयास किया तो उस समय भी ममता ने सहकारी संघवाद को धता बताते हुए उसे कस्टम विभाग के चंगुल से बचाने के लिए पुलिस बल भेज दिया था। इस मामले में भी ममता की पुलिस ने कस्टम अधिकारियों के साथ दुर्व्यवहार किया था। यह मामला भी अदालत तक पहुँचा हुआ है।

केंद्र सरकार द्वारा चलाई जा रही लोक कल्याणकारी योजनाओं को जहाँ विभिन्न प्रदेशों की सरकारें सही तरीके से लागू करने में जुटी हुई हैं और इनके सकारात्मक परिणाम जमीनी स्तर पर साफ-साफ दिखाई दे रहे हैं, वहीं ममता बनर्जी का पूरा प्रयास है कि केंद्र की इन योजनाओं को पश्चिम बंगाल में लागू न होने दिया जाए। राज्य सरकार के मौखिक निर्देश पर प्रशासन केंद्रीय योजनाओं को लागू करने में कोई रुचि नहीं दिखा रहा है। अलबत्ता उसका प्रयास है कि जनता को इन योजनाओं के बारे में जानकारी न मिलने पाए और अगर किसी तरह मिल भी जाए तो उसका श्रेय राज्य सरकार की मुखिया ममता बनर्जी को मिले। ममता के इस असहयोग के बावजूद केंद्र सरकार ने राज्य में तैयार किए गए अपने मजबूत कार्यकर्ताओं की मदद से अपनी योजनाओं को जरूरतमंद लोगों तक पहुँचाने की पहल कर रखी है। ऐसे कई मामले सामने आए हैं कि महिलाओं को रसोई गैस से मुक्ति दिलाने के इरादे से शुरू की गई 'प्रधानमंत्री उज्ज्वला योजना' को भाजपा कार्यकर्ता लोगों तक पहुँचाने की कोशिश कर रहे हैं तो ममता के गुंडे उनके साथ सीधे गुंडागर्दी पर उतर आ रहे हैं। ऐसी खबरें लगातार मीडिया की सुर्खियाँ बन रही हैं कि ममता के गुंडे इन योजनाओं में सहायता करनेवाले भाजपा कार्यकर्ताओं के साथ मार-पीट कर रहे हैं। केंद्रीय योजनाओं को जनता तक पहुँचने से

रोकना भी सहकारी संघवाद का खुला उल्लंघन है।

ममता का वश नहीं चल रहा है, वरना वे पश्चिम बंगाल को कश्मीर बनाने में कतई पीछे नहीं रहतीं। केंद्र सरकार ने जम्मू-कश्मीर से जब अनुच्छेद-370 और 35ए को हटाकर देश के माथे पर बने 70 साल पुराने नासूर पर नश्तर चलाने का निर्णय लिया, तो उस समय भी ममता अलगावादियों और राष्ट्रविरोधी ताकतों के साथ खड़ी होकर केंद्र से मुकाबला करती नजर आईं। ममता ने कहा कि केंद्र का फैसला गलत है। उन्होंने इस बात पर भी अफसोस जाहिर किया है कि जम्मू-कश्मीर के एक पूर्व मुख्यमंत्री द्वारा मदद की गुहार लगाए जाने के बावजूद वह उनकी मदद नहीं कर पाईं।

आज एक पाकिस्तान को छोड़कर पूरी दुनिया इस मुद्दे पर भारत के साथ खड़ी है, लेकिन ममता की कौन सी मजबूरी है, जो इस ऐतिहासिक निर्णय को गलत बता रही हैं। बांग्लादेश के साथ तीस्ता नदी जल समझौते में संप्रग सरकार के समय से अड़ंगा डालकर ममता देश की विदेशनीति को भी पलीता लगा रही हैं। इस मुद्दे पर ममता की राजनीति ने प्रधानमंत्री नरेंद्र मोदी और पूर्व प्रधानमंत्री डॉक्टर मनमोहन सिंह को बांग्लादेश के सामने परोक्ष रूप से बेइज्जत करने का काम किया। एक क्षेत्रीय नेता द्वारा केंद्र को अंतरराष्ट्रीय संबंधों में चुनौती देना और उन्हें अपमानित करवाना भी सहकारी

संघवाद की घोर अवहेलना की श्रेणी में आता है।

ममता बनर्जी ने एन.आर.सी. को लेकर जो विवादित बयान दिया था, वह भी केंद्रीय सत्ता के वर्चस्व को सीधी चुनौती था। उन्होंने कहा कि अगर केंद्र सरकार ने एन.आर.सी. लागू किया तो देश में गृहयुद्ध की स्थिति बन जाएगी और खून-खराबा होगा। इस बयान के लिए ममता की चौतरफा आलोचना हुई। 2019 के लोकसभा चुनाव में मिली ऐतिहासिक जीत के बाद प्रधानमंत्री नरेंद्र मोदी ने पुराने गिले-शिकवे भुलाकर ममता को अपने शपथ ग्रहण समारोह में शामिल होने का निमंत्रण दिया था, लेकिन ममता ने उसमें आने से इनकार कर दिया। ममता का यह निर्णय भी एक तरह से सहकारी संघवाद को दी गई सीधी चुनौती है। चुनावी पराजय से उपजी हताशा कम हुई, तब जाकर ममता ने सितंबर 2019 में आखिरकार दिल्ली का दौरा किया और प्रधानमंत्री नरेंद्र मोदी तथा गृह मंत्री अमित शाह से शिष्टाचार मुलाकात की। जिस समय ममता इन नेताओं से मुलाकात कर रही थीं, उसी समय ममता के कार्यकर्ताओं ने जादवपुर विश्वविद्यालय में केंद्रीय मंत्री बाबुल सुप्रियो को बंधक बना लिये थे। ममता के कार्यकर्ताओं ने उनके साथ धक्कामुक्की की और उनके बाल खींचे। उन्हें सुरक्षित निकालने के लिए राज्यपाल को हस्तक्षेप करना पड़ा। पुलिस की सुरक्षा में बाबुल सुप्रियो को विश्वविद्यालय परिसर से बाहर निकाला गया। यह भी ममता की सहकारी संघवाद विरोधी राजनीति है।

उक्त सभी तथ्य इसी तरफ इशारा कर रहे हैं कि अगर ममता बनर्जी की केंद्र सरकार, न्यायपालिका और सभी महत्त्वपूर्ण केंद्रीय संस्थानों को तर्कहीन तरीके से चुनौती देनेवाली सहकारी संघवाद विरोधी राजनीति का खात्मा नहीं किया गया तो देश में एक नया नासूर पैदा हो जाएगा और फिर इससे निपटने में भी जम्मू-कश्मीर की तरह कई दशक लग जाएँगे। ममता द्वारा फैलाए जा रहे इस रोग को नासूर बनने से रोकने का एक ही उपाय है। वह यही है कि आगामी विधानसभा चुनाव में उनकी राजनीतिक जमीन को समेटकर उन्हें पश्चिम बंगाल की जनता सत्ता से बाहर कर दे।

□

ममता की हताशा का परिणाम था अमित शाह के रोड-शो पर हमला

आजादी के बाद से लेकर अब तक देश में लोकसभा और विधानसभाओं के कई चुनाव हुए। इनमें से कुछ चुनावों में राजनीतिक दलों के समर्थकों के बीच हिंसा की इक्का-दुक्का खबरें भी आती रही हैं। लेकिन पश्चिम बंगाल की मुख्यमंत्री ममता बनर्जी के निर्देश पर 2019 के लोकसभा चुनाव के दौरान उनके कार्यकर्ताओं और पुलिस द्वारा की गई हिंसा ने सारी हदों को पार कर दिया।

पहले तो ममता ने भाजपा अध्यक्ष अमित शाह को पश्चिम बंगाल में प्रवेश करने से रोका। उनके नेतृत्व में राज्य की रथयात्रा को रोका। मजबूर होकर भाजपा को इसके लिए शीर्ष अदालत का दरवाजा खटखटाना पड़ा था। लोकसभा चुनाव प्रचार के दौरान ममता बनर्जी के निर्देश पर मालदा और झारग्राम में भाजपा अध्यक्ष अमित शाह के हेलीकॉप्टर को उतरने की इजाजत नहीं दी गई। मुर्शिदाबाद में शाहनवाज हुसैन को रैली करने से रोक दिया। उत्तर प्रदेश के मुख्यमंत्री योगी आदित्य नाथ को बालुरघाट और रायगंज में न तो हेलीकॉप्टर उतारने और न ही रैली करने की इजाजत मिली और मजबूर होकर योगी को फोन के माध्यम से ही रैली को संबोधित करना पड़ा। उनकी ये हरकतें इस आशंका को पुख्ता करती हैं कि अगर ममता का वश चलता तो वह पश्चिम बंगाल में प्रवेश करने से पहले भाजपा नेताओं का पासपोर्ट-वीजा चेक करने की व्यवस्था भी कर देतीं।

भाजपा नेताओं को पश्चिम बंगाल में प्रवेश करने से रोकने ममता के सारे हथकंडे जब विफल हो गए तो वह हिंसा का सहारा लेने लगीं। ममता अच्छी तरह से जानती हैं कि देश के दो-दो पूर्व प्रधानमंत्री आतंकी हिंसा का शिकार हो चुके हैं और इनकी हत्या के बाद देश में जिस तरह का वातावरण बना था, ममता को उसका भी पता है। इसके बावजूद उन्होंने हिंसा का सहारा लिया, जो उन पर सत्तालोलुपता के आरोप को पुष्ट करता है।

चुनाव प्रचार के दौरान 14 मई, 2019 को भाजपा अध्यक्ष अपने समर्थकों के साथ कोलकाता में एक रोड शो कर रहे थे। ममता के इशारे पर पुलिस के सहयोग से तृणमूल कांग्रेस ने अचानक हमला बोल दिया। अपने आला नेता के जीवन पर आए इस खतरे का मुकाबला करने के लिए भाजपा कार्यकर्ताओं ने इस हमले का प्रतिवाद किया। ममता ने अपनी इस हरकत से भाजपा को राजनीतिक पलटवार करने का एक हथियार दे दिया। भाजपा अध्यक्ष अमित शाह ने सार्वजनिक रूप से कहा कि ममता के गुंडों ने उन पर हमला करने की कोशिश की। शाह ने सीधे ममता बनर्जी को निशाने पर लेते हुए आरोप लगाया कि उन्होंने हिंसा भड़काने की कोशिश की। शाह ने यह भी आरोप लगाया कि हिंसा के दौरान पश्चिम बंगाल पुलिस मूकदर्शक बनी रही। शाह ने यह दावा किया कि रोड शो के दौरान पुलिस

को निर्धारित रास्ते से हटा लिया गया था। ममता ने पुलिस को संभवत: इसीलिए रोड शो के रास्ते से हटवाया था, जिससे कि उनके गुंडों द्वारा की जा रही हिंसा में किसी तरह की बाधा पैदा न होने पाए।

ममता की खुली शह और पुलिस से मिली छूट के कारण हिंसा में शामिल तृणमूल कांग्रेस के गुंडों का मनोबल इस कदर बढ़ा हुआ था कि रोड शो के दौरान कई बार हमला किया गया, आगजनी भी हुई और जनता के बीच भाजपा की तेजी से बढ़ रही लोकप्रियता पर काबू पाने के लिए सोची-समझी साजिश के तहत पास के एक कॉलेज में बंगाल के महापुरुष ईश्वरचंद्र विद्यासागर की मूर्ति को तुड़वा दिया गया। अपने गुंडों से मूर्ति तुड़वाने के बाद ममता बयान देने के लिए आगे आईं और रोड शो में हुई हिंसा को किनारे रखते हुए उन्होंने ईश्वरचंद्र विद्यासागर की मूर्ति को तोड़े जाने पर राजनीति को हवा देने का काम किया। उन्होंने कोलकाता के बेहाला में आयोजित एक रैली में अमित शाह को गुंडा बताया। राज्य के मतदाताओं की आँख में सीधे-सीधे धूल झोंकने का प्रयास करते हुए उन्होंने मूर्ति तोड़ने का आरोप भी अमित शाह पर लगाया। ममता ने कहा कि अगर आप विद्यासागर तक हाथ ले जाते हैं तो मैं आपको गुंडे के अलावा क्या कहूँगी। ममता के मन में घृणा और नफरत भरी हुई है। इसी रैली में ममता

ने कहा था कि उन्हें भाजपा की विचारधारा और उसके तरीकों से नफरत है। राजनीतिक मतभेद की बात तो समझ में आती है, लेकिन ममता मतभेद से कई गुना नीचे गिरकर घृणा और नफरत की राजनीति कर रही हैं। उनके बयान ही इसकी तस्दीक करते हैं।

सत्ता मोह में राजनीतिक मर्यादाओं को लगातार तार-तार करने में जुटीं ममता बनर्जी की हरकतों को काबू में करने के लिए चुनाव आयोग को भी हस्तक्षेप करने को मजबूर होना पड़ा। आयोग को रैलियों और सभाओं के आयोजन पर रोक लगानी पड़ी। ममता के तीखे तेवर की बानगी देखिए कि उन्होंने यहाँ तक कह दिया कि अमित शाह खुद को क्या समझते हैं। क्या वह सबसे ऊपर हैं। क्या वह भगवान् हैं। ममता को अब पता चल गया है कि अमित शाह न तो भगवान् हैं और न ही सबसे ऊपर हैं, लेकिन देश की जनता ने ममता जैसे राजनेताओं का दिमाग ठीक करने और उनके दिल में जहर की तरह भरे घृणा के भाव को जड़ से नष्ट करने के लिए उनसे ऊपर बैठा दिया है। चुनावी हार की हताशा से उबरने के बाद ममता को जब होश आया, तो शायद उन्हें एहसास हुआ कि प्रधानमंत्री नरेंद्र मोदी और गृहमंत्री अमित शाह वास्तव में उनसे काफी ऊपर हैं। शायद यही कारण रहा कि अपने भावी राजनीतिक अंजाम को भाँपकर ममता ने अपने दिल में इन नेताओं प्रति भरे जहर को जज्ब करते दिल्ली आकर मुलाकात की। ममता ने इसे 'शिष्टाचार मुलाकात' बताया। उम्मीद की जानी चाहिए कि इन मुलाकातों के बाद ममता के व्यवहार में शिष्टता का भाव प्रबल होगा। बहरहाल, इस बात का पता तो पश्चिम बंगाल में होनेवाले आगामी विधानसभा चुनाव में ही चलेगा कि ममता बनजी का दोनों नेताओं के साथ हुई मुलाकात का कितना सकारात्मक प्रभाव पड़ा और वे कितनी शिष्ट हुईं।

□

ममता की बौखलाहट का परिणाम हैं संघ और भाजपा नेताओं पर हमले

ममता बनर्जी को अब पूरा विश्वास हो गया है कि पश्चिम बंगाल की जनता ने उनको सत्ता से बेदखल करने का मन बना लिया है। राज्य में जिस तेजी के साथ भाजपा का जनाधार बढ़ रहा है, उसको देखकर ममता की बौखलाहट सातवें आसमान पर पहुँच गई है। उन्होंने अपने गुंडों को भाजपा के खिलाफ सड़क पर हथियार के साथ उतार दिया है। भाजपा अध्यक्ष जे.पी. नड्डा और पश्चिम बंगाल के प्रभारी कैलाश विजयवर्गीय के कार-काफिलों पर हाल में तृणमूल कांग्रेस के कार्यकर्ताओं द्वारा किया गया हमला इसी बौखलाहट का नतीजा है।

अगले साल होनेवाले विधानसभा चुनाव की तैयारियों का जायजा लेने के लिए भाजपा अध्यक्ष जे.पी. नड्डा 10 दिसंबर, 2020 को कोलकाता के दो दिवसीय दौरे पर थे। वह ममता के भतीजे अभिषेक मुखर्जी के इलाके में एक सभा को संबोधित करने जा रहे थे। इससे बौखलाए ममता के गुंडों ने उनके काफिले की एक कार पर ईंट से हमला कर दिया। इस हमले का वीडियो देखते-ही-देखते सोशल मीडिया पर भी वायरल हो गया। वीडियो में देखा जा सकता है कि कार की विंडस्क्रीन पर ईंटें फेंकी जा रही हैं। इस हमले में नड्डा तो बच गए, लेकिन कैलाश विजयवर्गीय सहित भाजपा के कई कार्यकर्ता घायल हुए।

पश्चिम बंगाल के भाजपा अध्यक्ष दिलीप घोष ने आरोप लगाया कि

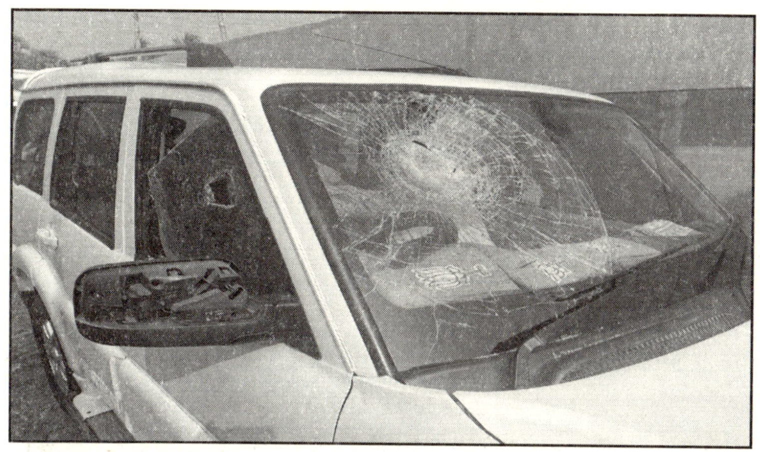

नड्डा के दौरे के समय पार्टी कार्यालय के बाहर लाठी-डंडों से लैस 'भीड़' जमा थी। कोई शक नहीं है कि ये सब टी.एम.सी. के गुंडे थे और ममता की शह पाकर ही इन्होंने भाजपा अध्यक्ष के काफिले की कार पर हमला किया। हमले से विचलित हुए बगैर नड्डा ने अपनी पूर्व निर्धारित सभा को संबोधित किया। उन्होंने कहा कि वह इसलिए सुरक्षित बच गए, क्योंकि उनके पास बुलेट प्रूफ गाड़ी थी।

ममता की फितरत को वहाँ के नेता अच्छी तरह जानते हैं। इसीलिए मौके की नजाकत को भाँपकर दिलीप घोष ने इस हमले को गंभीरता से लेते हुए पूरे घटनाक्रम के बारे में केंद्रीय गृह मंत्री अमित शाह को पत्र लिखकर विस्तार से अवगत कराया। मंत्रालय ने राज्यपाल जगदीप धनकड़ से रिपोर्ट तलब की और राज्य के मुख्य सचिव तथा डी.आई.जी.पी. को सम्मन भी जारी किया। लेकिन ममता सरकार ने सहकारी संघवाद की धज्जी उड़ाते हुए उन्हें भेजने से मना कर दिया। दो बार इन अधिकारियों को तलब करने का प्रयास विफल रहने के बाद आखिरकार वीडियो कॉन्फ्रेंसिंग के जरिए केंद्रीय गृहसचिव ने बातचीत की और हालात का जायजा लिया। बहरहाल ममता की इस हिंसक राजनीति का लोकतांत्रिक तरीके से जवाब देते हुए भाजपा ने कैलाश विजयवर्गीय को भी बुलेटप्रूफ कार देने का निर्णय लिया, जिससे कि

वह इस तरह के हमलों की परवाह किए बगैर पूरे राज्य में बेधड़क प्रचार कर सकें।

यह ममता की शह का ही परिणाम है कि आज समूचे बंगाल में उनके गुंडे बेखौफ तांडव कर रहे हैं। इनके निशाने पर सिर्फ और सिर्फ भाजपा तथा राष्ट्रीय स्वयंसेवक संघ के नेता व कार्यकर्ता हैं। मुर्शिदाबाद के जियागंज में आर.एस.एस. समर्थक एक ही परिवार के तीन लोगों की हत्या ठीक विजयादशमी के दिन करवाई गई। यह मामला अभी ठंडा भी नहीं हुआ था कि नदिया जिले के रानाघाट इलाके में एक भाजपा कार्यकर्ता हरलाल देवनाथ की गोली मारकर हत्या कर दी गई। पश्चिम बंगाल में अक्तूबर, 2020 के दूसरे सप्ताह में 81 से अधिक भाजपा समर्थकों की हत्या की गई। यह आँकड़ा लगातार बढ़ता ही जा रहा है। इन हत्याओं पर ममता की चुप्पी काफी कुछ बयान कर रही है। उनके हाथ से अब सत्ता जानेवाली है। उन्हें इसका आभास भी हो गया है। इसीलिए उन्होंने अब मार-पिटाई का रास्ता अख्तियार कर लिया है। उन्हें लगता है कि भाजपा और संघ के लोग उनकी इस हरकत से भयभीत हो जाएँगे। लेकिन यह ममता की बड़ी भूल है।

ममता भाजपा पर लगातार यह आरोप लगा रही हैं कि वह बाहरी पार्टी

है और राज्य में उसका कोई स्थान नहीं है। सोचनेवाली बात है कि जिस पार्टी को देश की जनता ने 2014 से ही पूर्ण बहुमत के साथ दिल्ली की सत्ता सौंप रखी है, वह पश्चिम बंगाल में बाहरी है। यह ममता का दिमागी दीवालियापन है। वह लोगों को इस स्तर पर भ्रमित करने पर उतर आई हैं कि अब भाजपा को ही बाहरी बताने लगी हैं। उन्हें भाजपा के कार्यकर्ता बाहरी गुंडे दिख रहे हैं।

असलियत तो यह है कि वोट के लालच में ममता इस हद तक गिर चुकी हैं कि उन्हें देश की सुरक्षा की भी कोई फिक्र नहीं है। जब देश में तबलीगी जमात के लोगों की लापरवाही के कारण कोरोना का महाविस्फोट हुआ तो ममता ने जमातियों का पूरी ताकत के साथ बचाव किया। तबलीगियों के बारे सवाल पूछने पर भी वह भड़क गईं। उन्होंने मीडिया को कहा कि यह बंगाल है, यहाँ पर ऐसे सांप्रदायिक सवाल न पूछें। वोट के लिए राष्ट्रहित को रद्दी की टोकरी में फेंककर तबलीगी जमातियों, बांग्लादेशी घुसपैठियों और राष्ट्रविरोधी गतिविधियों, जैसे आतंकवाद, पशु तस्करी आदि में लिप्त कुछ अल्पसंख्यक मुसलामानों का बचाव करना ही उनकी धर्मनिरपेक्षता है। जब पूरा देश कोरोना संकट से एकजुट होकर जूझ रहा था, तब ममता बनर्जी ने बंगाल में अपने राज्य में छिपे तबलीगी जमात के लोगों के बारे में किसी भी तरह की जानकारी साझा करने से साफ इनकार कर दिया था।

गौर करनेवाली बात यह है कि ममता की इस बौखलाहट को उनकी पार्टी के नेता भी समझ रहे हैं। शायद यही कारण है कि अब ममता के विधायकों ने भी बगावत का बिगुल बजा दिया है। तृणमूल कांग्रेस के नेताओं के बीच भाजपा में शामिल होने की होड़ लगी हुई है। इसमें सबसे प्रमुख नाम शुभेंदु अधिकारी का है। वर्ष 2007-08 में शुभेंदु अधिकारी ने पेट्रो केमिकल हब के खिलाफ नंदीग्राम के किसानों को एकजुट करके ऐतिहासिक आंदोलन किया था। माना जाता है कि नंदीग्राम के इसी आंदोलन की वजह से 2011 में ममता बनर्जी को पश्चिम बंगाल की सत्ता मिली थी। शुभेंदु अधिकारी राज्य में ममता बनर्जी के बाद दूसरे सबसे लोकप्रिय नेता माने जाते हैं।

भाजपा ने पश्चिम बंगाल में बदलाव की जो बयार बहाई थी, अब वह सुनामी में तब्दील हो चुकी है। सिर्फ टी.एम.सी. ही नहीं, अब तो माकपा, भाकपा और कांग्रेस के कई विधायक व सांसद भाजपा का दामन थामने के लिए तैयार बैठे दिख रहे हैं। नए नेताओं की इस आमद से भाजपा के पुराने नेताओं और कार्यकर्ताओं में असंतोष का भाव पैदा न हो, इसे लेकर भी पार्टी आलाकमान पूरी तरह चौकस है।